総理に恋をしました

外山寛子
TOYAMA Hiroko

文芸社

目次

第一章　ゴルフがしたい

一枚のチラシ

湘南の皐月《さつき》の空は海からの潮風によって澄み渡り、果てしなく青く爽やかである。鯉幟《こいのぼり》でなくとも大空を飛び廻ってみたい衝動に駆られるほどに爽快である。

国家公務員で転勤族である夫に従い、幼い子供たちとともに任地を転々とした。子供たちの成長とともに転校に対する負担、そして年老いてきている夫の両親のことなどを踏まえ、この湘南の地に新居を構えたのである。

その結果、夫はやむなく単身赴任という破目に陥《おちい》った。

義父、義母と二人の子供に私。五人での主のいない日常生活を送り、年を重ねた。

夫は、東京の本庁への出張のつど帰宅した。いつも話題豊富なのだが、あるときからその中にゴルフという話題が盛り込まれるようになった。

局内でゴルフコンペがあること、対外的なお付き合い上必要とすること、それに一番の理由は、シングルプレイヤーである部下のHさんに否応なく練習場へ連れて行かれたことなどが要因となり、握ったクラブから手が離れなくなってしまったらしい。

ゴルフについての夫の楽しそうな会話に感化されて、好奇心旺盛な性格の私の心にゴルフに対する興味の虫が蠢《うごめ》き始めた。

いつだったか、先輩の奥様方から聞かされたことがある。定年退職後年老いた夫婦が共通の趣味をもつというのはとても有意義なことである、と。

そうだ。ゴルフとやらを私もやってみたい。しかし、やってみたいと思うばかりで現実にはなかなか手が届かなかった。

そうしたある日、新聞のチフシに目を通していたその折、私の目を釘づけにした一枚があった。中央にかなりのスペースを割いた、ゴルフ場という活字の太めの文字が浮遊しつつ、私の眼中に侵入してきた。

Sカントリークラブ
キャディさん募集

所在地　茅ヶ崎
休日　週一（月）
送迎クラブバス有り
業務終了次第帰宅可
高収入可　制服貸与　年齢制限無し
業務終了後・休日等ゴルフ場コース使用練習可

最後の項目を何度となく読み返した。

ゴルフをしたいと思ってからずっと練習してみたいと思ってはいたものの、練習場へ行ったとしても、いざコースへ出るとなれば……ゴルフがいくら庶民のスポーツになったとはいえ、かなり出費の嵩《かさ》むものである。

夫の単身赴任で二世帯であり、子供たちも学費の嵩む年齢に近づきつつある昨今、主婦の私がうろうろとゴルフ三昧《ざんまい》とはいかぬ。

ゴルフをしたいと思いながらも、我が家の経済破綻にも繋がりかねないので埒《らち》が明かず思索を巡らせていた私に、このチラシ広告は天から与えられた恵みのように思えた。これだ、これしかない、と心は逸《はや》っていた。

夜になるのを待ちかねて、夫へ電話のダイヤルを回した。

「ゴルフがしたい？　それはいい。練習場へ行けばいいよ」

夫の優しい言葉が返ってきた。しかし、そのあとの私の言葉に夫の罵声がとんだ。

「なに、キャディだって……バカかお前は、いったいなにを考えているんだ。冗談もいいかげんにしろよ」

プッンと電話は切れてしまった。なにもバカ呼ばわりすることはないのに。

意気消沈の私、静かな寝床の中で腹をたてなかなか眠りに就くことができなかった。

しかし、ここですんなりと物事を諦めきれないのが私。まず一番身近にいる家族たちの意向はどうかと、それぞれにあたってみた。

夫と同じ国家公務員であった義父いわく、「昔は役人の妻は働くことを禁じられていたと思うが、今は時代が違うからなあ」と可でもなく不可でもない言葉であった。義母は「ゴルフ場に行くのいいんじゃない。私だってまだ留守番くらいできるから行ってみたら」と私にとってはとても嬉しい言葉を言ってくれた。

娘は「行ってもいいと思うけど、お母さんでは採用してもらえないんじゃないの」と素っ気ない言葉。息子は「行ってもいいよ」と私がゴルフをしに行くのだと思っている様子である。

とにかく、こうして夫には事後承諾ということにして、採用面接に向かった。

藤沢駅前にSカントリークラブと鮮やかな文字の入ったクラブ送迎バスが到着、バスにはかなりお年を召されたおじい様方が五、六人乗車した。皆さんお仲間らしく、にこやかに会話されながら実に生き生きと楽しそうなご様子で、思わず心が和んだ。お幸せな人たちだ。ハンドルを握る運転手さんはハンサムでニヒルだ。

バスは藤沢市内を通り抜け、やがて茅ケ崎市に入る。町並みが途絶え田園地帯が広がり、ところどころに農家が点在し、なんと長閑《のどか》な湘南の春景色と車窓を楽しみながら、もしこちらへ通勤するようなことになれば車での通勤となるので、道順を頭に入れることも忘れなかった。

藤沢駅より約二十分、やがて目前に白い大きな建物が目に入り、入口の石塔に、Sカントリークラブの文字が見えた。どっしりと構えた建物は崇高さを醸《かも》し出している。

バスから降り立った瞬間、なんとも爽やかな空気が鼻孔を擽《くすぐ》った。今までに感じたことのない空気の味だった。

面接までにまだ時間があるということで、上に行ってコースのほうでも見ていらっしゃいと指示され、絨毯《じゅうたん》を敷きつめたロビーの中央にある幅広い階段を上って二階に向かった。

上った右側は広い食堂となっており、中央に開いた大きなドアの向こうに、地続きのゴルフコースが遠く空に向かって延びて見えた。二階のはずだが、ドアを出たところから地続きになっている。俗にいう腰かけ二階となっている建物のようだ。

ドアを一歩出て驚いた。四月の陽光が眩《まぶ》しく爽やかに降り注ぐ。

「ウワーッ、広い！」

果てしない青空、一面緑色の光景、その向こうにははるか遠く雪を抱いた富士山の姿がくっきりと浮かんで見えた。まるで別世界！

目の前にある丸い練習グリーンは、緑の絨毯を敷きつめたようで、短く刈り揃えられた芝の一本一本の頭の上に朝露の王冠を乗せたように、その露の一粒一粒が朝日に反射し、きらきらと色鮮やかに輝き、まるで何百というダイヤモンドを散りばめたみたいだ。それは、家庭の中に閉じこもっていては味わうことのできない、自然の驚くべき美しい姿であった。

バスを降りたときに実感した空気というものの正体が理解できたような気がした。

この緑に囲まれた空間には塵《ちり》ひとつ浮遊してはいないのでは……。なんと美しい自然の光景、我を忘れて酔いしれ、全てに感動し、自然の中にすっぽりと浸っていた。

突然私は我に返った。マイクで私の名前が呼ばれている。

大急ぎで面接室へ向かった。

そこには、にこやかに微笑む品の良い、嫋《たお》やかな風貌の年配の男性が待っていた。こちらの支配人である。

「どうしてこちらへみえたのですか?」

「はい、新聞チラシの募集広告を見て参りました」

「職種はキャディさんですが、それは承知でみえたのですか?」

「はい、承知いたしております」

私は、しまったと思った。シルクの白いブラウスに、オレンジ色のスーツ、同色系のヒールの高い靴。ベージュか紺のスラックスに、スポーツシャツ、ヒールの低い靴で来るのが正解だったのでは。これはまずいなと思いつつ、次の質問を待った。

私の姿と履歴書を交互に見比べながら支配人は言った。

「どうしてキャディさんをしたいと思われたのですか？」

〈ゴルフがしたいから、とか、コースを使って練習ができるからなどとは、口が裂けても言ってはならない。口にファスナーチャックだ〉

「キャディさんは歩くのが仕事の一端とか。歩くことは健康のために良く、美しい緑の空気を吸いつつ思いっきり体を動かしてみたいと。それに夫が単身赴任をしておりまして、子供たちにも手がかからなくなったものですから、時間的に余裕ができてなにか行動をしてみたいと思っていました矢先、こちらの広告を拝見しましたものですから……」

「それで、あなたはゴルフをなさるのですか？」

「いいえ、私はゴルフは存じません。でもキャディさんとしてゴルフのルールを覚えましたら、自分でもゴルフをしてみたいという願望はもっております」

　ちょっぴり本音を暴露してしまった。

「あなたね。キャディさんは歩くといってもただ歩くだけではないのですよ。お客様の重たいゴルフバッグをカートに積んで、クラブの出し入れ、ボール探しなどしながら最低でも一日約七キロは歩かなければなりません。重労働といってもよいほどですよ。はっきり申し上げて、あなたには不向きな仕事だと思いますが……」

そこで、支配人はまた私の身体をじろりと眺めた。身長一メートル五十二センチ、体重四十六キロと小柄な私には、体力的にも役にたつまいと判断されたようである。

そして履歴書に目を落とした支配人は、

「年齢三十九歳、あなたは生け花家元教授の免許、保健医療事務の資格を持っていらっしゃる。こちらを活用なさったほうが奥さんには向いていると思われるのですが……」

あっちゃーっ、大失態、あなたから奥さんに変わった。少しでも自分を良く見せようと見栄を張ったのがいけなかった。記した資格欄は空白にしておくべきが正解だった。

「ところで、もしよろしかったら私の知人に病院をやっている医者がいるから、その方へでも就職のお世話をして差し上げてもよいのですが……キャディさんのほうは無理と思います」

ガクッ！　ときた。いたし方なしか。

かくして私の人生で初めての就職面接は失敗に終わった。

〈それ、みろ〉

〈やっぱりね、お母さん〉

夫と娘の嘲《あざ》けり笑いの声が聞こえてくるようだった。

〈チキショー！〉

思わず心の中でこんな言葉が飛び出していた。

キャディになる

また平凡な主婦の日常生活に戻った日々。庭の桜の花も散り、萌黄色《もえぎいろ》だった庭の芝生もすっかり濃い緑色に変化した。

芝を見るたびゴルフ場で目にした美しい光景が目に浮かぶ。そしてゴルフをしたいと思う心がますますつのる。そうだ、もう一度挑戦してみようと意を決した。

私は、不採用を通告されたはずの支配人の前にまたもや鎮座していた。

支配人は以前と変わらぬ優しい笑顔で、

「やあ、また来ましたね。どうしました」

と問いかけてきた。

今日の私は、ベージュのスラックスに茶の小さな格子柄のスポーツウェア、そして白のジョギングシューズを履いていた。

「先日不採用とされましたが、ただ単にあなたには無理でしょうでは納得できません。できるかできないかは試してみないと分からないと思うのです。私にはできるという自信があるのですが、どうでしょう。もう一度お考えいただけないでしょうか」

私はじっと支配人の目を見つめた。これでは、採用しろよ……と直談判しているようなものである。

支配人が苦笑いしたように見えた。

「ほう、それほどにおっしゃるなら、ひとつやってみますか。二ヵ月の見習い期間があります、頑張ってみてください」

こうして、私はSカントリークラブのキャディ採用と相成ったのである。

ここで私はこのゴルフ場が通常のゴルフ場とは違ったゴルフ場であることを知らされた。会員権の売買はない。メンバーさんは会社の役員クラスの方々などで、お年を召した方が多く、皆様温厚かつ良識的な方々であること、ビジターさんは皇室の方々はじめ各国の外国大使、政財界の方々など、私ども庶民にとってはとうてい日常お目にかかれないような方々の御来場が主であるということ。

なんの考えもなくただ一途にゴルフを覚えたいという一念で応募したゴルフ場が、意外な特徴をもつゴルフ場であったことが、私の人生に多大な影響をもたらすことになろうなどとは、この時点では夢想だにしなかった。

なにしろ私は、大学を中退し結婚生活に入ってずっと専業主婦であった。ゆえに勤めをしたという経験はない。ゴルフのためとはいえ就職である。仕事と主婦とうまく両立できるのであろうか？　不安がよぎりつつも家庭という鳥籠の中から飛び立った小鳥のような気分もあって、未知への挑戦に胸を膨らませてもいた。

キャディを仕事にするという私に、反対する夫を無視して決めてしまったことに後ろめたさを感じつつ、夫には事後承諾という形で了解を得ようと思っていた。

面接終了後の帰宅途中、書店に立ち寄った。まずなんの知識もないゴルフの内容を少しでも把握しておかねば、全くなにも知らないでは話にならない。

しかし書棚にはゴルフに関する本は幾種類も並んでいるのだが、キャディに関する本は見当たらない。ゴルフを理解すればキャディは務まるということかと勝手に解釈して、初歩的なゴルフの本を三冊購入し帰宅した。

日本でのゴルフの始まりは、神戸六甲コースで、茶商をしていた英国人のアーサー・グルームという人が、明治三十四年に神戸六甲山頂に四ホールの私設コースを作った。

〈えーっ、ゴルフってそんなに昔から行われていたのか。私はてっきり戦後に始まったものだとばかり思っていた〉

このコースが、二年後に九ホールの神戸ゴルフ倶楽部となって、我が国のゴルフ史の第一歩となったのだそうだ。

本にはいろいろと書き連ねてあるが、読んだだけでは理解できないことや、意味不明の言葉がいくらでも出てくる。

〈まあ、焦らないでゆっくり覚えていこう。とりあえず、コースの項と、ゴルフクラブの項だけでも覚えておこう〉

一つのコースには十八ホールあり、一番から九番までを「アウトコース」、十番から十八番までを「インコース」と呼ぶ。

アウトとインを一巡したところで、ワンラウンド終了という。

クラブには、それぞれに番号、名称があって、この番号によって飛距離が違ってくる。

夜の更けるのも忘れて本を読みあさり、日中は家事を午前中に片付け午後は本読み、初出勤の日まで、頭も心もゴルフ以外のなにものも立ち入る余地がないほどに、ゴルフの知識を吸収することに没頭した。

いよいよ、初仕事開始である。

事務所へ顔を出し、二階にあるキャディマスター室へと案内された。キャディマスター室には、マスターの他に二人の女性事務員がいた。

「今日からお世話になります。よろしくお願いいたします」

私は慇懃《いんぎん》にあいさつをした。キャディマスターは、大黒さんのように福々しく、日焼けして黒くつやつやと光った顔をにこにこさせながら、

「やあ、頑張ってね。あとからいろいろと指示するから、とりあえず着替えをしてきなさい」

と言った。

気さくな上司といった印象でほっとした。

女性事務員に案内され、キャディ室へと階段を下りて向かった。

「こちらがキャディ室、朝来たらこちらで着替え、すぐ上にあがり、キャディマスター室の前にあるキャディ待機室で出番を待つように」

と言いつつ、女性事務員がキャディ室のドアを開けた。

部屋の周りにロッカーがずらりと立ち並んだ畳敷きの大広間が目に入った。キャディ総勢六十名、今回の募集で四月に八名、一ヵ月遅れの五月に私一人で、計九名の新人キャディが仲間入りしたようである。

「あっ！」

思わず私は目を伏せた。見てはならぬものを見たような気がした。私の視界には、下着だけの、いや乳房も露《あらわ》なパンティ一枚の、またこれから着替えるために洋服を脱ごうとする女性たちの群像が、映画の画面のごとく飛び込んできた。しかし現実。

私は場違いの所へ来てしまったらしい。

胸の鼓動が高鳴る。「あなたには不向きな仕事だと思いますよ」と言った支配人の声が頭をよぎった。しかし、今さらあとへはひけない。

「皆さん、今日から入った新人さんです」

と女性事務員に紹介され腹をきめた。

「皆さん、よろしくお願いします」

と全員に向かって直立不動で大声であいさつをした。

朝の慌ただしい時間のせいもあって、皆自分のことに夢中で私にじっと目をとめることなく一瞥《べつ》しただけ。これが私にはなによりありがたかった。そっとズボンを穿き替え、上衣をまとった。

そうだ。車通勤だから明日からは家で着替えてくればいいと考え、気が少し楽になった。身支度を整えると、横にいたキャディさんがいろいろと教えてくれた。

「私はね、Yだけど、皆はやっちゃんて言うから、これからやっちゃんて呼んでね」

人懐っこいやっちゃんに、私はすっかり安心して頼りにすることにした。

目の前には、新しいシューズの入った箱、そして初めて目にする白い野球帽のような形をした硬いヘルメット、真っ白い大きな四角い布に白い手袋が置かれている。

シューズを取り出し靴裏をしげしげと眺めた。今まで見たことのない裏面はグリーン色で、平面ではなく大きなイボイボが無数に並んでいる。興味深く眺めている私にやっちゃんが教えてくれた。

「あっ、それね、芝を傷めないようについてるんだよ。ゴルフシューズと同じにね。ヘルメットはね、被らないと球が飛んできて、頭にガーン……バッタン、キュッ……だからね」

〈エッ！　それではまるで戦場ではないか？　球が飛んできて当たる。これはえらいことになってしまった。引き返すなら今だ……いや、そうはいかない〉

心中で勝手な会話が葛藤中である。

「大きな白い四角な布はね、三角に折って、ヘルメットの上から被るの。頬被りね。帽子を押さえる意味もあるけど、日焼け防止だよ。顔真っ黒に焼けるからね。すっごい日焼けだよ」

そう言うやっちゃんの顔は見事に黒い。

〈ウワッ、日焼け、考えもしなかった。こんな強敵が待ち構えていようなどとは、夢にも思わなかった。どうしよう……〉

しかし今さら引き返せる状況ではない。〝前進あるのみ〟である。

思いもかけない現実の展開に翻弄《ほんろう》されつつちぢに乱れる心を必死で抑え、一応キャディの態《なり》を整え、キャディマスターの前に机を挟み向かい合って座った。

机上には、見習いと書かれた白い腕章が置かれている。

「今日からキャディとして勤めてもらいます。新人さんたちはもう四月から勤めているのであなただけちょっと出遅れになりましたが、特にキャディ教育としては行いませんので、この腕章をつけて、先輩キャディについて行きながら見習ってください。

そして、ここでは名前を呼びません。全て番号で指示します。あなたの番号は、112

番です。１１２番、いいですね」

番号は新人で三桁、見習い終了で二桁、ベテランとなると一桁番号となるらしい。

いよいよコースへ。

スタート地点で帆布のような厚い布地の袋を渡された。グリーン色をした布袋にはベルトがついており、肩にかけるとちょうどの長さである。中にはショベルが入っていた。これはいったい？　……まさか砂遊びをするためのものでないことは分かっているのだが……。

これは目土袋《めつちぶくろ》と言って、キャディには欠くことのできない三種の神器のひとつであるのだとか。この袋に砂を一杯入れる。プレイヤーがボールを打つ際、クラブが芝を掘り起こすことがある。芝生に穴があく。その穴を埋めるための砂、芝生を保護するための砂なのである。

のちに知ったことであるが、この砂は単なる砂ではなく、篩《ふるい》にかけ砂利などを取り除き、それを焼上機《やきあげ》にいれて焼く。焼くことによって雑草の種など全て除かれた無垢の砂となる。単なる砂遊びの砂と違い、芝生を守るための非常に貴重な砂なのである。

スタート地点に向かう前、この目土袋に砂を入れることを忘れてはならない。

キャディへの第一歩、芝生の上に足が触れた。緊張。周囲の風景など目に入らない。

初めてとあって、スタートは今日のプレイヤーの最後の組、そしてキャディマスターが同伴。初めての私のためらしい。

プレイヤーはお年を召したお二人のメンバーさんと、キャディマスターの三人。それにバッグをカートに載せて、同伴の先輩キャディ一人と私、総勢五名でのスタートである。

机上の本で一応知識は得ていたつもりだが、なにしろ全てが初体験、目土袋を肩に目を凝らし皆の一挙手一投足も見逃すまいと必死で歩き、はっと気がついたときには、もう目の前に白いクラブハウスが聳《そび》えたって見えた。

ハーフラウンド九ホールを終えたのである。時計に目をやると、スタートしてから一時間四十五分が経過していた。

「見習いさん、今日はこのハーフラウンドで終わりにしましょう。ぼつぼつ慣らしていきます。明日もまた頑張って歩いてください」

一ラウンドは十八ホールある。ということは、今日半分の九ホールを歩いたことになる。緊張していたせいか、思ったほどに疲れを感じていない。ほっとした。

こうして、私の見習いキャディ生活での第一歩の一日が終わった。

このゴルフ場では、ビジターさん以外、メンバーさんはほとんどといってよいくらいお年を召していらっしゃる。従ってゴルフのスコアを気になさることなく、歩くことを楽しまれる方が多い。ゆえに一ラウンド以上プレイなさる方はほとんどいらっしゃらない。

朝早いスタートならば、昼ちょっと過ぎには終了ということになる。全てを片付けても、三時過ぎに帰宅できることもあって、私にとってはとてもありがたいことであり、おかげで家庭に支障をきたすこともなかった。

見習い一ヵ月終了時には、なんとかルールも頭に入り、キャディの仕事というよりは、嬉しく楽しい遊び……と言っては叱られるだろうが、毎日が楽しくて仕方がなかった。

もともと健康ではあったが、張り切り緊張しているせいでもあったのだろうが疲れというものをあまり感じることはなかった。

皆はプレイ終了後、キャディ室の横にある大浴場に浸り汗を流して身なりを整え帰宅するのであるが、私は車通勤のおかげで少々気持ちは悪いが汗を流さぬまま車に飛び乗り急ぎ帰宅、帰宅後一番に飛び込む浴室でのシャワーの気持ち良さに酔いしれたものである。

見習い期間の二ヵ月はあっという間に過ぎ去り、支配人が心配してくださったことは無意味で、むしろお褒《ほ》めの言葉をいただいて、キャディ正式採用となったのである。

キャディマスターからゴルフ用品店の紹介をいただき、待望のゴルフ用具、最低限の一式を購入した。

色鮮やかに艶めいた濃紺に赤い縁取りをしたゴルフバッグに、背の低い私に合わせたサイズのクラブを特注し、グリップは赤にしてもらい、でき上がりを楽しみに待った。

でき上がったクラブをバッグに収め、嬉しくて眺めているだけでも楽しい。寝室のベッドの足許に立てかけて、眺めながら寝たものである。

いよいよ練習開始。休日（月曜日）の朝は早起きし午前中に夕食用の食材も買い求め、その日の用をてきぱきとすませ、昼過ぎには格好良く……自己満足……車にゴルフバッグを積み込みゴルフ場へと向かった。

やはり練習に来るキャディさん仲間に教えられながらのゴルフは、楽しいの一語に尽きた。早く上手になりたいものだと思った。

見習い期間終了。いよいよ一人立ちである。初日とあってマスター室の配慮であろう、お仕事の第一線を退かれたおじい様方三人の楽しいプレイヤーさんたちである。

打っても飛距離は出ないが、ボールは決して曲がらない。真っ直ぐしか飛ばないという、キャディにとってはありがたいお客さんである。それに、週に何回かいらっしゃるメンバーさんたちで顔なじみでもある。

「おっ、いよいよ一人前になったな」

とごあいさつを受け、

「はい、今日はよろしくご指導願います」

と返してスタートした。

途中、お三人とも冗談を交えながらも、いろいろと楽しく教えてくださった。

こうして一人立ち初日のお仕事は難なく、むしろ楽しく一日のプレイを終えることができ、自信にもつながった。

キャディという仕事、くる日もくる日も毎日同じコースを同じことをして歩く、一見なんの変哲もなく、平凡なことのくり返しのようだが、実はこれが大違いなのである。

まず、ご一緒するプレイヤーさんのお顔が毎日違う。偶然連日のご来場で同じプレイヤーさんについたとしても、プレイの内容は全然違ったものであるのだ。昨日スコアが良かったので、今日も昨日と同じ所へ打ち同じ状態で、といくら思っても、ボールは決してままならず同じ状態を再現してはくれない。

やはりゴルフの面白さはここにあるのではないだろうか？　スコア良好だったときと同じプレイは二度とできないのである。

こうして月日が流れるうちに私もキャディとしていろいろなことを知ることができた。

一日ご一緒するプレイヤーさんのその日の目的というか、その日のゴルフに対する考えを理解することで、キャディとしての仕事も変えられるのである。

今日はコンペだ……とおっしゃるお客さんの顔は勢いが違う。目も張り切っていらっしゃり、緊張感が漂う。こういったプレイヤーさんには、こちらも真剣に取り組まなければならない。グリーンまでの残距離、グリーンの芝目など、正確にお教えしなければならない。ボールは決して見逃してはいけない。非常に神経を使う。

友人ご同伴のお客様には、なるべくゴルフにも立ち入らないように、淡々としてキャディの仕事だけをこなして歩けばよい。

ぶらりと単独でいらっしゃったお客様には、相手のご様子をうかがいつつ話しかけたり、冗談を言ったりして楽しみながら歩けばよい。その日のお客様次第でキャディの仕事も変化があるのである。

こうして、月日は流れた。

第二章　ゴルフ場にて

宮様と一日をともに

ゴルフルールを覚え、ゴルフの練習をする目的で始めたキャディであったが、いつしかキャディ業に徹している自分がいた。

キャディナンバー112番であったのも、Bクラスの32番に変わり、そしてAクラスの八番となっていた。ところが、新しくできた制度によりAクラスの中でもごく数名の特Aクラスができ、なんとその中に私の名前があった。

十数年も勤めた先輩キャディから見れば、私など赤ん坊キャディである。それが先輩を差し置いて特Aになったのでは、陰口が囁かれても仕方がない。もし自分が逆の立場であったならば、やはり面白くないことは確かであろう。

特Aに昇格キャディの発表があった翌日、私はキャディマスターにこの取り消しをお願いに行った。

「私のような新米キャディが特Aになったのでは古い方に申しわけありませんから、私はこの昇格を辞退させていただきたく思います」

私の申し出を怪訝そうな顔で聞いていたマスターは、こう言った。

「この決定はね、私たちがしたのではなく、お客さんが決めたんだ。キャディ伝票の下欄に、優良可のキャディの勤務評定がある。プレイ終了後お客さんがサインのとき、この評定をくだす。それにより決定したのだから素直に受け取るべきではないのかね」

なるほど、そういうことであったのか……お客さんが評価してくださったんだ、せっかく評価してくださったお客さんに対してもこれはありがたく頂戴《ちょうだい》すべきである、という結論に達し、キャディナンバー六番をいただいた。

自分なりに努力した成果だとひそかに自負している自分もいたが、嬉しいことであった。

六番さん、宮様のバッグを持って……粗相のないように気をつけて……とキャディマスターに告げられたときには、口にこそ出さなかったが、

〈おまかせください、立派にお努め果たしますよ。ご心配なく……〉

と自信満々にスタート地点のティグラウンドに向かったことは、忘れられない思い出で

ある。

キャディマスターに手渡されたキャディ伝票には、H妃殿下と、当ゴルフ場所属のT女子プロゴルファーの名が記されていた。

あと二人の同伴プレイヤーは、宮様方とご同伴でいらっしゃった方の奥様と、当クラブのメンバーさん、この四人のプレイヤーと、私と先輩キャディ二人の計六名でスタート。

愛くるしく、可愛らしい……と言っては失礼にあたるかもしれないが、私はこのH妃殿下のご結婚当初からの大ファンで、皇室でも憧れの方であった。

雲ひとつなく澄み切った青空、一面絨毯を敷き詰めたような緑の芝生、ときどき頬を撫でるように通り過ぎてゆくそよ風、ゴルフプレイヤーにとってこのうえない好条件に恵まれたゴルフ日和、この最高の条件のもと、いったいなんということだろう。

庶民にとっては雲の上のお人であらせられるH妃殿下と、私はゴルフコースを肩を並べて歩いている。それも親しくお話などしながら……。キャディをしようと思ったとき、まさかこのような日が、このような光景に巡り合うことが訪れようなどとは、夢想だにしなかった。

夢ではないか？　いや、間違いなく現実である。

H妃殿下は、きびきびとしたゴルフをなさり、ショートホールではワンオンなさるなどお上手なプレイを見せてくださった。そして歩きながらいろいろとお話ししてくださり、品位あるなかにも、可愛らしい笑顔で、気さくで、ずっと以前からお知り合いであったような錯覚さえ覚える御仁《ごじん》であった。

午前のプレイはあっという間に終了し、昼食、午後はキャディチェンジで、私はH妃殿下のご夫君であらせられるY宮殿下とキャディマスターのお二人を、相棒キャディはY宮殿下ご同伴の方と当クラブのメンバーさんのお二人を伴い、六人でスタートした。

Y宮殿下はお口数が少なく、淡々としたプレイをなさり、ときどきニコッと笑顔を見せられ「残り何ヤードでしょうね」「芝目は?」などと訊かれる程度で、喜怒哀楽をあまり表面に出されることなく、堂々と、威厳のあるなんともいえない雰囲気を醸し出される殿下は、やはり雲の上の御仁であらせられると感じいった次第である。

プレイ中は、要所要所で私服の護衛の方に警護され、半年も前からご予定をたてられてのゴルフではお気の毒のようにも思われた。

こうして、思いもかけない宮様ご夫妻とのプレイも粗相なく無事お役目を果たすことができたのは、最高の幸せであった。でも正直申し上げれば、一日中雲の上を歩いているような気分であったことも確かである。

　宮様からは、プレイ終了後ごあいさつがあり、お写真もご一緒させていただき、菊のご紋入りのお煙草も賜り、私にとっては忘れられない一日をプレゼントしていただいたようなもので、人生の宝物となった。

　こうして、思いもかけない宮家の方々や、政財界の要人の方々、外国の駐日大使の方々、スポーツ界の有名な方などと身近に接触させていただけたことは、家庭にいては考えられないことで、単純な気持ちで始めたキャディ業は、私の想いもかけない事態に遭遇し、我が人生に華やかな彩《いろど》りをもたらしてくれることになった。

　自分自身のゴルフと言えば、ルールは頭に完璧収納、ゴルフマナーも完璧修得、しかし腕前のほうは思ったほどに伸びずまあまあといったところ、しかし夫とのゴルフ談議では、美技以外は私のほうが知識豊富となっていた。

　ある日、単身赴任中の夫から電話が入った。

「来月第三日曜日、Tカントリークラブの予約がとれたので、一緒にゴルフをしないか？もし来れるようなら、勤めのほうの休暇調整をしておいたほうがよい」

　ということであった。

私がコースへ出る！　受話器を持った手に力が入り、胸の鼓動が電話の向こうまで通じるのではないかと思われるほどに高鳴った。

夫は今、転任して高知のE局部長である。しかも高知は私の故郷であり、市内には年老いた両親が健在で二人で暮らしている。それもあって、夫はきっと私の里帰りを兼ねてとゴルフに誘ってくれたのだと思う。

キャディになってゴルフを覚え、練習したとはいうものの、勤務先のゴルフ場を廻っているだけで、他のゴルフ場でプレイなどしたことがない。

私の初めてのゴルフ場プレイデビューである。しかも、夫とともにゴルフをするという私の夢に描いた実現が早々に訪れたのだ。

「ウワッー、たいへんだあ」

とうろたえながらも、娘がよく言う、ルンルン気分という言葉がぴったりの私になっていた。

それからの約一ヵ月近く、ゴルフの練習に必死で励んだ。そして練習にも負けないくらい、ゴルフウェア、帽子、シューズ、グローブなど、コースへ出るための必需品準備にデパート巡りをし精根を費やした。我がゴルフ場へ来場なさるご婦人方のファッションをいつも楽しく興味深く眺めさせていただいていたのはこの日のためか。

ゴルフの腕前は定かでなくとも、すてきなゴルフウェアを身にまとうことによって、腕前もかなりと思われるのは不思議なことである。

さて、準備万端、いざ高知へと相成った。


私の大好きなことの一つに一人旅がある。

嫁であり、妻であり、母であり、家庭教師であり、経理士であり、看護師であり、保健婦であり、調理士であり、栄養士であり、洋裁師であり、清掃婦であり、クリーニング屋であり、運転手であり、数えあげればきりがない、要するに一言にして言えば〝主婦〟である。このような主婦にとって、この場から解放され、逃避できるひとつの方法が旅に出ることである。それも一人旅がいい。

全てから解放され、空や海や陸にあるひととき、自分自身を静かに見つめたり、なにも考えず、ボーッと頭を空白にしたりして、別次元に抱かれているような気分に浸れるスペースを得られるのは、一人旅の醍醐味である。

そして旅の終着で我が城である家庭にたどり着いたとき、自我に目覚め、この旅の爽快さの余韻に浸りつつまた気分新たに頑張れる。

だから、私は一人旅が大好きなのである。


義父・義母には、あちらのご両親によろしくと手土産を用意され、娘には、ちょうど夏休みで私が家にずっといるから、家のことは心配しないでまかせてと頼もしい言葉をもらい、息子はなんだか嬉しそうに「行ってらっしゃーい」と、〈勉強したか？　宿題すんだか？〉という口うるさいのがでかける、しめた！　と内心にんまり、なのだと思う。

南国土佐の真夏の太陽が、ぎらぎらと照りつける高知空港（現在は龍馬空港）に降り立つと、気温三十三度、無風。暑い！　暑さ以外のなにものもない。

仕事優先の夫の出迎えは期待しないが、世に私を送り出してくれた、一人娘の私を宝物のように大切に迎えてくれる年老いた両親の笑顔が、出迎えの人々の先頭を陣取ってすぐ私の目に飛び込んできた。

三人でタクシーに乗る。冷房の効いた車内は一瞬にして別世界に移動した感覚、思わず涼しい……と声が洩れた。

「おかえり、ようもんたねえ」

「つかれつろう」

「あちらのお爺さん、お婆さん、孫たちはみんな変わりないかよ」

「そうじゃ、宅配便の荷物がついちゅう。ゴルフバッグもきちゅうぞね」

あとからあとから話しかける両親の土佐弁に、故郷をひしひしと感じつつ相槌を打った。

その夜は夫も交え、土佐独得の皿鉢《さわち》料理や鰹のタタキなど、テーブル一杯の父母の心尽くしの味に舌鼓をうち、賑やかな楽しい夕食となった。そして年はとっても、まだまだ元気そうで若々しい両親の姿に安堵した。

コースへプレイデビュー

いよいよ私のゴルフコースデビューの日の朝がやってきた。目覚めと同時に、カーテンを引き窓を開けた。

うわーっ、快晴。喜ぶべきか、悲しむべきか、私の希望では、雨では困るが薄曇りくらいの天気であってほしかった。このぶんだと最高の真夏日、太陽かんかん……最悪！

真夏のゴルフであるから、水分や塩分の消費は必至、梅干しを持ったり、冷麦茶をポットに入れたり、日傘も忘れないようにと万全を期してはいたが……日焼けは免れないだろう。

迎えに来てくださった車にゴルフバッグを積み込む。なぜだかなんとなく面映《おもは》ゆく照れくさい。でもゴルフウェアを身にまとった自分が、いつもの自分と違う気がして颯爽《さっそう》と見え、内心、一人で格好いいぞーと褒めてみた。

今日ご一緒にプレイしてくださる方は、いずれも夫の部下の方で、ゴルフのキャリアは、お一人がシングルプレイヤーのHさん、他のお一人は、私に釣りあうようにとゴルフ歴の浅いMさん、そして夫と私である。

四人の乗った車は路面電車の走る高知市の中心街を一路東へと向かった。

間もなく、朱塗りの欄干のはりまや橋が見えてきた。

「土佐の高知の　はりまや橋で　坊さん　かんざし買うをみた」

この微笑《ほほえ》ましい歌の僧には、悲しい運命《さだめ》があったのである。

この僧、純信は二十歳も年下の娘、お馬さんと恋に陥り、許されぬ恋ゆえ駆け落ちしたが捕らえられ、藩外追放となった。

純信は伊予の川之江へ、お馬さんは土佐の須崎へと追放され、離ればなれになった純信は、川之江、美川で明治二十年、六十九歳で没したとか。彼は終生独身であったそうだ。純信・お馬さん、今の時代であれば、燃え上がった恋の炎も消されることなく、燃焼しつくすことができたであろうに、かわいそう。

　私はこの朱塗りの欄干を見るたびに、引き裂かれた二人を思い哀愁を感じる。


　今の私はなんと幸せ、傍らには愛する夫がいて。ちょっぴり甘い感慨に浸りつつ車は市街地を通り抜け、国道五五号線を窓外に田園風景を流しつつ東へと向かっていた。

　田園風景の中に、野菜栽培の盛んな高地にふさわしいビニールハウスの羅列が現れ、眺めている間に南国市へ入った。

　三日前に爆音とともに降り立った高知空港を右手に見ながらなお東へ、ところどころの路肩に立ち並ぶ露店に、スイカ、メロン、トマトなど山積みにされた商品の新鮮でなんと値段の安いことか。そっくり抱えて藤沢へ持ち帰りたいと思うと、舅、姑、子供たちの顔が目に浮かぶ。

　せっかくの自分自身の時間がもてたこのときに、このような顔が思い出されるとは、良き嫁、良き母であるからか、いや自分一人がこうして楽しんでいることへの後ろめたさのためか。余計なことを考えているうちに、車は手結《てい》海水浴場を右に見て少し登り道にさしかかった。

やがて両側に山なみが迫り、手結《てい》山トンネルを抜けた。

少し幅が狭くなった登り坂を車は勢いよく駆け登り、登りきった場所に駐車場がパーッと広がっていた。

周りに繁る蘇鉄、フェニックスなどの亜熱帯植物が、真っ青の大空に映え、それに真紅《しんく》のハイビスカスの群が南国のゴルフ場であることを強調して見せていた。

緑の樹々の上に、くっきりと聳え立つ白亜の殿堂がクラブハウスであった。

そしてなににも増して感嘆し、歓声を発したのは、振り向いた眼下に見おろしたエメラルドグリーンの海、雄大に果てしなく弧を描いて広がる太平洋のはるか彼方に見える水平線を目のあたりにしたとき、この美しい大自然の風景の偉大さに我を忘れた。

湘南のSカントリーを重厚な荘厳《そうごん》さのある日本家屋の〝静〟とするならば、土佐のTカントリーはモダンでお洒落《しゃれ》な洋風建築の〝動〟であろうか？

ハイビスカスの紅にも負けない真紅の制服を身にまとったフロント嬢に迎えられ、いよいよゴルフだ。なんだか胸の高鳴りを覚える。

ロッカールームに行き準備を整え、クラブハウスを一歩外に出ると、なんとなく辺りが騒々しい。練習場のほうへ、ゾロゾロと移動する人波が目に入った。

同伴プレイヤーのHさんが、今日はプロゴルファーのKさんが、このTカントリークラブのコースアドバイザーとして初めて来場されたのだと教えてくださった。

Kプロの名前は耳にしたことがあるが、まだ一般にはあまり知られていない。後に日本のゴルフ界を賑わすことになるこのKプロに私は親近感を覚え、陰ながらずっと声援を送り続けることになるのだが、それはこの日同じゴルフ場でプレイしたという思い出があったからである。

じりじりと照りつける南国の太陽は、衣服をも通し肌をも焼き尽くすのではないかと思われるほどである。覚悟はしていたが、やはり暑さは強烈、それに加えてのコースデビューということで、スタート地点に着いた時点で、もう汗びっしょりとなっていた。

私のゴルフバッグとともに大きな三個のゴルフバッグを積んだキャディカートと一緒に、今日お世話になるキャディさんがやって来た。

「どうぞよろしく」

　慌ててこちらからあいさつしてしまった。

　目の前に立っているキャディさんの心の内が手にとるように読める。私が初めてコースへ出る客だと知れば、きっと、これはやっかいなお客さんについたものだと、ガクッ！とすることとだろう。正直に話してお願いをしておかなければ……。

「私、コースへ出るのは今日が初めてです。よろしくお願いしますね」

　辞退するキャディさんに用意してきた心付けをそっと手渡して、ほっとした。

　前の組が、ティショットをしている。いつも見慣れているはずの光景なのに、なぜか違った世界を見ているような気がする。そして、皆それぞれにお上手な方ばかりのように見える。

　最後に打ったプレイヤーがチョロをした。ボールはティグラウンドのすぐ前に落ちた。その方には申しわけないが、私はとても嬉しかった。今までこちこちになっていた自分の体がほぐれていくような気がした。

　決して意地悪な気持ちでその方のミスショットを喜んでいるわけではない。自分の仲間を見つけたようで、気が楽になったことが嬉しかったのである。

いよいよ私の打順がきた。

ずっと夢に描いていたゴルフ、すてきなウェアをまとい、青空のもと緑の芝生の上にクラブを持って立っている私、今それが現実となって、このTカントリークラブのコースに描かれているのだ。胸の高鳴りをなんとかおさえて、ティグラウンドに立ち、深呼吸をした。

手元の白い手袋に握られたクラブの赤いグリップが、まず目を射た。そして、シャフトに沿って目を落としていくと、その先に白いボールがあった。

一瞬全ての雑念が去り、振りかざしたクラブは、パシッと打ちおろされていた。

「ナイス・ショット」

確かにキャディさんの声がこう聞こえた。

クラブヘッドの真芯にボールの確実な手応えが感じられた。

〈やったあ！〉

思わず胸の中で叫んだ。

「なかなかやるじゃないか」

夫の声も耳に入った。周りの拍手も聞こえた。

ボールは今までの練習でも飛んだことがないほどの飛距離で、遠くの芝生の上に見えた。神様が打たせてくれたんだ。今日はもうこの一打だけで充分だと思った。暑さなどすっかり消え失せ、気分爽快であった。

しかし、これからの全てがこんなショットばかりではなかった。ダフッたり、空振りしたり、チョロしたり、グリーン上を行ったり来たり……。プレイヤーとしてのいろいろなことを熟知しているがゆえに、同伴プレイヤーに迷惑をかけてはならない、スロープレイになってはならない、なるべくキャディさんの手を煩わせたくない、こんなことばかりが頭をよぎり、自分のスコアなど考え直す余地などなかった。頭脳と技術のギャップが災いしたことは否《いな》めない。

無事なんとかプレイを終え、広い浴槽に身を沈めたとき、あっという間に終わったような一日のゴルフが、じわじわと幸せと嬉しさを形にして湯気の中に浮かび上がってきた。湯上がりに皆で飲んだ冷たいビールが喉を通り過ぎたとき、最高の幸せを感じた。

格好いいフォームで素晴らしいゴルフを見せてくださったシングルプレイヤーのHさんには、ただただ感謝である。私にいろいろとアドバイスしてくださり良いお勉強ができた。

「ありがとうございます」

もう一人の若いMさん、あなたのおかげで私は落ち込むことなく楽しいプレイができた。

「ありがとう」

こうしてともにプレイを楽しむことをお膳立てしてくれた夫殿、ありがたく感謝である。

「ありがとう」

夫にも両親にも存分に甘え、充分なる英気を養った私は、上空から自分の歩いたゴルフコースを眼下に見おろしつつ土佐を後にした。


さて、これで夫とともにゴルフを楽しみたいという私の当初の希望は、夫の定年退職を待つことなく、早々に目標達成と相成った。

もうキャディをする必要も無用である。そろそろキャディ業を引退するとしようか。いつ退職希望を伝えようかと思っていた矢先に、キャディマスターより、

「副支配人がなにかお話があるから事務所へ来るようにとのことだよ」

と告げられた。

えっ！　驚いた。びっくりした。

私なにか粗相があったのかな、お客様からクレームでもきたのかな、いや、それだけは

絶対ない……と自信をもって言える。ならばいったいなにごとだろう。いろいろと思いを巡らせつつ内心ではかなり動揺していた。

事務所のドアを開くと、すぐ副支配人が手招きし、面接を受けたときの別室へ通された。テーブルを間に向き合って座った副支配人の顔はニコニコとしている。あっ、これはお叱りではないと解釈し、緊張していた体が少しほぐれた。

「実はだね。女性三人でやっているフロントの受付の一人がね、定年退職ということになって、ひとつ空席ができ、後任の募集をしなければならないのだけれど、支配人とも話し合って、君ならということになったんだよ。君はメンバーさんたちからの評価も高いし、適任だと思うがどうだろうね」

「？　？　？」

狐につままれた、という言葉があるが、まさにこういうときのことを言うのだろう。私にはあまりにも唐突な、寝耳に水のようなお話で、茫然としてしまった。

「すぐに返事しなくていいんだよ、考えてからで。でもあまり遅くならないようにね」

事務室を出て私は考えた。

はて、私誰かにキャディ辞めると言ったかな、思っただけでまだ誰にも話していない。

絶対言っていない。家族にだって話していないのだから……だのに、このタイミングで勤務部署変更だなんて、どう考えてもおかしい、納得できない、不思議なことがあるものだ。不思議だ、ふしぎだ、ふしぎだばかりが頭の中を堂々巡りしつつ帰途についた。

キャディを辞めるということはもう既に心に決めている。そこへ次の仕事が目前にぶら下がってきた。これは運命、神からの示唆やもしれぬ。無神論者であるはずの自分が、神の存在を認めた一瞬でもあった。

その日、夫にも電話し、家族にも話した。結果は誰もが本人自身が決めることであると、賛成とも反対とも言われなかった。

勤めに出るということは今までとさして変わらない。問題は時間である。キャディはプレイ終了と同時に帰宅できた。夕方遅くまでということはめったになかった。フロントとなれば、毎日ではないが、早朝出勤もあれば、遅番もあり、平日は十七時までの勤めは当然のことである。

家事との両立は……このところ、義父が少し体調悪くしたりしているし、と考えると自分に自信がない。迷いに迷った。結論は早く出さなくてはならない。

義母はまだ元気だし、新しい職務にも少しは興味がある。勤めてみて、無理ならばその時点で退職させてもらえばよいか、などと雇用者に対してはなんとも無責任で、失礼なことを軽く考えながら結論に向かっていた。

〈よっし、せっかくお声をかけてくださったのだからお受けしてみよう〉

こうして、フロントの受付嬢ならぬ、受付おばさんが誕生したのである。

第三章　運命の出会い

夫公認の恋

フロントは女性三人、私より七歳年下のAさんは、Sカントリークラブの松坂慶子と言われるほどの美人で、もう一人はぐっと若く、二十過《はたち》ぎの可愛いUちゃん、それに私が加わった。彼女たちと同じ制服を着せられた私は、なんとかさまになっているかな……と鏡に映った自分を見て少しほっと安堵したものである。

現代のような機器のある時代と違って、プレイヤーの種々の伝票は全て手作業で書き取り、仕分けし、会計はガチャ、ガチャ、チンと音のする手動計算機である。あと、一番の仕事はプレイ予約の受付、電話対応で、思ったより苦戦することなく、すんなりと業務に対することができた。

なによりもありがたかったのは、同僚の二人が年上の私になにくれとなく優しく面倒をみ、指導してくれる良き人柄の持ち主たちであったことである。これは本当に嬉しいことであった。

キャディと違うのは、フロントでは当然のことながら来場者全ての方々と直接お顔を合わせる。

テレビニュースや新聞の写真などでしかお目にかかったことのない方が目前に見えて、お話を交えるとき、なんだか自分が別世界の人間になったような気がしたものである。

来場者のお名前や役職など、前もって全て分かるので、その中に思いもかけない方のお名前など目にしたときは驚き、そして期待した。

夫の上司といっても、最上の頂点にいらっしゃるR庁長官であるAさんのご来場には、本当に驚いた。お目にかかってごあいさつする機会を得、長官が夫の勤務地と役職をご存じであったことに感動し、夫も頑張っているんだと思うとなんだか嬉しく頼もしく思えた。

お帰りの際、売店で取り扱っている湘南名物の魚の干物セットをお手渡しすることができ、とても嬉しかった。

その夜は夫に電話し、長官にごあいさつしお話しできたことを告げ、久し振りに夫と長電話をした。

家庭にいたのでは長官などとお目にかかることなど想像もできないが、自分がこのような職場にいたことになにか運命を感じた。


国立大学工学部の大学院に在席する娘の直属教授であるT教授のご来場もあった。娘から聞き、私がこのゴルフ場にいることを教授はご承知であったため、玄関を入るなり、私のほうへ歩み寄られ、カウンター越しにお声をかけてくださった。後ろに控えていらっしゃった教授のご友人らしきご同伴の方が教授の背中を突きつつ、

「お前、こんな所にこのような知人の女性がいるなんて、俺聞いたことがないぞ……どういう関係なんだよ？」

と意味ありげに質問なさり、

「いや、まあ、ちょっとな……」

と教授は私のほうをちらっと見ながら答えを曖昧《あいまい》にされ、教え子の母親だとはおっしゃらず笑いになった。

「どうぞごゆっくり、今日一日のゴルフをお楽しみください」

とコースへ送り出した。

謎めいた関係ゆえ、教授のお帰りには売店の干魚セットをお土産に用意した。娘のこと、どうぞよろしくご指導くださいますようにとお願いを込めながら。

こうして夫や娘の大切な方々と思いもかけないごあいさつができ、親しくお話しさせていただくことができたのを、私は本当に幸せに思った。


宮様方など、ご要人の方々がご来場という際には、ゴルフ場全体の空気がいつもと違い、緊張する。支配人、副支配人も襟を正して正面玄関でお出迎えする。無事プレイを終えられお帰りになるとほっとするのである。

私がキャディのとき、Y宮殿下とH妃殿下とご一緒にコースで一日をお供させていただいたことがあるが、M宮殿下とY妃殿下もゴルフがお好きなようで、たまにご来場なさることがある。

殿下のお側にはいつも、侍従の方や身辺警護の方々がいらっしゃるのは当然のことである。ところがこの日、プレイ終了後、殿下はお一人でフロントにいらっしゃったのである。

この日の会計当番は若いUちゃんで、手動計算機の前に座っていた。もう一人の受付A

さんと私は、二階の食堂やキャディマスター室からエア・シューターで送られてくる伝票の整理仕分けを、おしゃべりしながらのんびりとした作業をしていた。

フロントの午後の一番暇な時間帯である。ロビーに人影もなく、シーンと静まり返った屋内に、二階からロビーに通じる階段を、一人の紳士がゆっくりと下りてフロントに向かって来られた。背筋が真っ直ぐに伸び物静かに歩まれるそのお姿は、まるで映画のワンシーンを見ているようであった。

Uちゃんの前に立たれたということは、お会計をなさるおつもりであろう。Aさんと私は慌ててM宮様の伝票を探し、かき集めていた。ところが若いUちゃんは、それが宮様とは気づかず、

「どちら様で……」

Uちゃんのこの言葉に私たち二人は飛び上がらんばかりに驚き、Uちゃんの言葉をさえぎり宮様の伝票を計算機の前に差し出した。それは風のような早業であった。

Uちゃんは悠然と動ずることなく、ガチャ、ガチャ、チーンと計算、

「……円でございます」

と言った。

殿下はおもむろにお財布を取り出され、お支払いをすまされた。

「ありがとうございます」

Uちゃんは深々と頭を下げていた。私たち二人も深々と頭を下げた。

M宮殿下は、またゆっくりとなさった足取りで、静かな屋内をお一人で二階への階段を上って行かれた。

「あーあ、びっくりした」

三人が同時に発した言葉だった。

「だって私、お顔もよく見てなかったし、まさか宮様がお一人でお会計にみえるなんて思いもしなかったし、私の前に黙ってお立ちになったので、どちら様でしょう？　って訊こうとしたのよ、大失態！」

とUちゃんは頭を抱えていた。私も宮様がお一人で、しかもご自身でお支払いをなさるなんて思いもしなかったし、ただただ驚きの光景であった。

M宮殿下は宮様方の中でも特に庶民的で気さくなお人柄であるとは耳にしていたが、なるほどと納得させられた一齣《こま》であった。

私とAさん二人が、Uちゃんの、どちら様で、と言いかけた言葉をさえぎるべく、あっと跳び上がらんばかりに驚き、慌てふためき、あたふたと伝票を選び出し差し出したあの素早さ、この早業を動画にしたらさぞ見応《みごた》えのある愉快なシーンができあがったことであろう。


ある日の予約簿に、N内閣総理大臣というお名前が目に入った。

「ウワッ、総理のご来場だ」

なぜだかドキッとした。新聞やテレビでしかお目にかかったことのない総理に直接お会いすることができるのである。

天気快晴、朝日を背に黒塗りの車から颯爽と降り立ち、数名のＳＰに取り囲まれて歩いてこられる総理のお姿は、まるで絵物語のように目に映った。私たちはフロントのカウンター手前に立ち並び、お迎えの態勢をとった。

玄関前で支配人、副支配人が深々と頭を下げられている前を通り、護衛の方々とともに玄関を一歩入られた総理は、フロントのほうに向かって右手を軽く挙げられ「やあ！」と声をかけられにっこりと微笑まれた。口から覗いた真っ白い歯がきらりと光って、目に焼きついた。瞬間、私と目がピタッと合ったような気がした。いや、気がしたのではなく合ったのだ。

廂《ひさし》のついた白い帽子、爽やかなゴルフウェアに身を包んだ、すらりと、しかしがっしりとした体躯、精悍《せいかん》な眉、優しい目、肉づきのよい高い鼻、にっこりと白い歯を覗かせた口元、なんとすてきな男性！

気がつくと、私は頭も下げず、茫然と立ち尽くしていた。

世の中にこれほどすてきで、魅力的な男性がいたのだ。胸の中心に、ぐさりとなにかが突き刺さったような衝撃を受け、興奮を覚えた。

なぜだかそわそわと落ち着かないまま午前の業務を終えると、いつもバッグに忍ばせて持ち歩いている赤い表紙の小さな手帳を取り出し、慌ててペンを走らせた。

静かなる　泉の如き我が胸を　炎と化せし　君　ここにあり

平穏で物静かであった私の胸の内を、一気に炎と化してしまったほどの衝撃を与えたN総理。これが俗にいう一目惚れというものであろうか。夜になり子供たちがそれぞれの部屋に引き揚げたのを見澄まして、夫に電話を入れた。

「ねぇねぇ、あなた、私今日恋をして、浮気心をおこしてしまったの」

「えっ！　なになに、恋をした？　いったいなにに恋したんだよ？」

「もちろん男性に決まってるじゃない。この世にあれほどすてきな男性がいたなんて、まるで夢を見ているようだったわ」

突拍子もないことを言い出した妻に、夫はあきれかえった様子で、なんだか笑っているように電話の向こうに見えた。

「そうか、そうか、恋をしたのか、してその男性というのはいったい誰なんだ」

「教えようかな、いや、やっぱり教えない」

「なんだよ、教えろよ」

あら、私のこと少しは心配になったのかな、面白い、ちょっと焦《じ》らしてやれ……。

「あのねぇ、あなたもよくご存じの方よ。いや、日本中でこの方を知らない人はいないかも」

「えっ、いったいなんなんだよ」

「では教えてあげる。その方は、N総理大臣、今日ゴルフにみえてね、本当にすてきな方だった。私一目惚れ、というのをしたみたい」

「なーんだ、N総理か。N総理は男の俺が見ても格好いいものな。それはよかった、よかった、大いに恋し、浮気しろよな、俺も応援してやるよ」

なーんて……、雲の上の方で手が届かないと思っているな。でも私だってそう思うから、こんな電話をかけているのではないか。

こうして、私は非現実的な恋に目覚めた。そして、夫公認の恋人を得たのである。

夫が帰宅して滞在中は、テレビにN総理のお姿が現れると、

「オーイ、N総理が出てるぞー」

と大声で呼んでくれる。

「ハーイ」

と私も大声で答え、なにはさておき、テレビの前へ走るのである。総理のお姿を目にするだけで、なんということはなく心が和むのが不思議な気がする。

わざわざ私を呼んでくれるなんて、なんと優しい夫ではないか、と思うのだが……私が走ってきてテレビの前に座り、総理の姿を見つめる動作が滑稽で、面白くて、その私の姿を見て夫は楽しんでいるようにも見える。

まあ別にそれでもいい。私自身は嬉しく楽しいのであるから。

靖国神社参拝

昭和六十（一九八五）年八月十五日。

この日のテレビのN総理は、靖国神社参拝の映像であった。N総理が靖国神社に参拝してくださっている。なんだか胸の中が熱くなり、嬉しさが込み上げてきた。靖国神社は、私にとって特別な思い入れのある場所であったから……。

昭和二十（一九四五）年八月十五日。

日本国が奈落のどん底に突き落とされた日。天皇陛下のお言葉が、玉音放送という電波に乗って流された瞬間、第二次世界大戦は終結。それがなんと無条件降伏という日本の敗戦であったのである。

父の勤務地がたまたま北朝鮮であったため、私たちは生死の境をさまようことになってしまった。私は国民学校五年生の十歳であった。

終戦となるわずか四ヵ月前、父は赤紙が来て出征、私は母と二人で終戦を迎えた。

終戦翌日には町に住む日本人全てが身ひとつで収容所に入れられた。口へ入れるものなし、男性たちへの過酷な重労働、進駐してきたロシヤ兵の女性への凌辱、発疹チフスの蔓《まん》延《えん》などで、次々と命を落としていく日本人、この状況の悲惨さは筆舌に尽くしがたい。

私の担任であった若い美人の先生も、友人たちの多くも、次々と命を落としていった。ただ生きながらえているといっただけの収容所生活も日を重ね、朝夕はすっかり寒さを増してきたある深夜、塀の外で異様な呻き声がして、収容所の中に緊張が走った。

この寒空の夜に収容所へ足を運ぶのは、女を求め襲撃してくるロシヤ兵くらいのものである。しかし実に静かな空気だ。おそるおそる確認したそこには、二人の人間が息も絶えに地面に蹲《うずくま》っていた。

塀の中へ抱え込まれた二人は、原形は留めていないがその服装からして日本兵だと察せられた。我々が日本人であったことに安堵したものか、二人の兵士は気を失ってしまった。

一人の兵士は膝頭にぱっくりと口を開いた傷が腐敗し、小さな白い蛆虫が異臭を放ちつつなん十匹もうじうじと蠢いており、思わず目を逸らしてしまうほどの重傷で、二人に共通していることは、眼窩《がんか》は顔の表面に二つの穴を作り、口は髭ぼうぼうの中に埋没し、頬にはもちろん、体のどこにも肉らしきものが見当たらず、どう見ても人間とは思われない風貌で、よくぞここまで生きながらえてこられたものと、人間の生命力の凄まじさを見せつけられた思いだった。

「まるで、ミイラだ……」

と誰かが呟いた言葉に、皆が啜り泣きした。意識不明であっても医者を呼ぶこともままならず、そんなことよりもなによりもまず二人を隠さなければ……保安隊員に見つかれば二人はもちろん、私たちまでもどのような制裁を加えられるか、銃殺ともなりかねない。

二人を家の床下に隠した。

二人はシベリヤへ護送される途中の連隊から遁《のが》れ、日中は山中に潜み夜間は線路伝いに南へ南へと足を運んだようだ。傷を負った一人の兵士は、傷が徐々に悪化し、ついに力尽きたとき、二人の姿を見咎《とが》めた親切な朝鮮人が、ここに日本人収容所があることを教えてくれたそうだ。

やがて意識は回復したものの、傷の兵士は高熱で水をやっと喉に通したが意識は朦朧《もうろう》としており、もう一人はやっと落ち着く寝屋《ねぐら》も得られた安堵感からか、ただ眠ってばかりおり、この二人には死以外のなにものをも選択する余地はなかった。

三日後に、傷の兵士は床下の土の上に横たわったまま永遠の眠りについた。医者に診せるでもなく薬を呑むでもなく、なんの手当てをしてあげることもなくすぐ傍でただ茫然と立ち尽くすだけの我々日本人は、自分たちの無力さを嘆き、こうなった戦争の結末を呪うしかなかった。戦争さえなければ……。

霊前に一本の線香もなければ蠟燭《ろうそく》もなく、ただ水と祈りの心しか捧げることのできない現状を、兵士に詫びることしかできなかった。

たまたま収容所の片隅に放置された古くて錆《さび》だらけのリヤカーに乗せた。収容所の庭に穴を掘ろうにも鍬《くわ》もスコップもない。皆で思案し協議のあげく、町外れにある小高い砂丘に、砂丘ならば手でも掘れるということでそこに埋葬することに決まった。

ただ、そうするには収容所から出なければならない。夕刻以後ならば、ロシヤ兵を恐れる朝鮮人も外出を控えている、人影はまずないといってよい。ただ保安隊員が見廻っている。朝鮮人の家族が歩いているように見えればいいのでは……ということで、大人が二人、私も含め子供が三人同行と決まった。

薄暮を待って、リヤカーは外に出た。収容所に入って以来初めての外界との接触、保安隊員と遭遇したらどうしようと思う恐怖心に加え、死体同伴であることが緊張の度合いをいっそう苛酷にし、朔風《さくふう》の肌寒さに打ち震えるよりも恐怖の心の震えのほうが勝っていた。

民家が途絶え、砂丘に続くポプラ並木が、冷気と薄暮を背景に素知らぬ顔で天高く聳える細い道を、リヤカーの一行は無言で兵士の安住の地となる砂丘を目指して突き進んだ。

砂丘の裾野に手で穴を掘る。子供たちの小さな手でも砂には勝てる。皆無言で、思ったよりスムーズに進む作業がそれぞれの気分を奮い起《た》たせてくれた。結構深い穴があき、大人二人に抱きかかえられた兵士は、砂丘の地底深くに納められ、子供たちの小さな指の間からこぼれ落ちる砂によって、ひそかに北朝鮮の地底に姿を消していった。

このときの砂の感触を、私は一生忘れることはできない。

もう一人の兵士も、自分たちは山中や道中での野垂れ死にではなく、こうして日本の人々に見守られながら死んでいけることは最高の幸せなのだと言いつつ、傷の兵士が亡くなった一週間後に静かに息をひきとった。

この二人の兵士は同郷で岡山県の出身である、ということだけが私の記憶の中にある。

故郷の兵士の生家には、帰国しないのであるから、きっと戦死の公報が届いていることであろう。遺骨は届くはずがない。だって、私たちの手で北朝鮮の砂地に埋めたのであるから。

私にとって、この二人の兵士とのつながりがもてるのは、唯一靖国神社なのである。

戦死して祀《まつ》られている兵士たちの名は、一人一人霊璽簿《れいじぼ》に記され、内殿《ないでん》の霊床《たまどこ》に安置されていると聞く。二人の兵士の名前も、きっと間違いなくその中に記され祀られていると思う。だから私は、この二人の弔《とむら》いに靖国神社へ頻繁ではないが機会あるごとに参拝する。

神社の大空に向かって、天を突き上げるように立つ大鳥居は、八階建てのビルの高さに相当し、鋼板でできた薄黒光りのする鳥居の柱の周囲は、七・八五メートルと言われる太さで、見上げると、後頭部を地面に引きつけられるように圧倒され、なんとも言えない荘厳な気分にさせられる。

神殿に立った私は、十歳のときの自分に戻る。砂丘が目に浮かぶ。

〈兵隊さん、会いに来ましたよ。日本の国は今平和です。皆幸せです。ここに祀られている皆さんのおかげです。ありがとう〉

両手を合わせていると、胸に熱く込み上げてくるものがある。私は時間をかけて祈る。

参拝を終え、大鳥居を後にしたとき、なんとなく明るく爽やかで温かい不思議な気分になり、また来なくてはと思うのである。

N総理が靖国神社へ参拝した一九八五年の翌年、総理参拝中止の報を聞いた。

後年、二〇〇一年K総理も靖国神社参拝をしたが、やはり一年で翌年中止となり、また二〇一三年A総理も参拝したが、同じく一年のみで翌年は中止となっている。それ以来、総理の靖国神社参拝は途絶えたままである。

靖国神社は明治二年に明治天皇が「招魂社《しょうこんしゃ》」として国のために一命を捧げた人々の名を後世に伝え、その御霊《みたま》を慰めるために創建されたものと聞く。それが明治十一年に現在の靖国神社と改名されたのだという。

神社には、国内の戦いで近代日本の出発点となった明治維新の大事業遂行のために命を落とされた方々をはじめ、明治維新の先駆けとなって斃《たお》れた私たちもよく耳にし身近に感じている、吉田松陰、坂本龍馬、高杉晋作などなどの歴史的に著名な幕末の志士たち、そして日清戦争、日露戦争、第一次世界大戦、満州事変や太平洋戦争に際して、国を守るために尊い生命を捧げられた方々の御霊が祀られており、その数は二百四十六万六千余柱に及ぶとか。しかも御霊は男性ばかりではなく、従軍看護婦や戦場で救護のために活躍した女学生など、六万柱の女性の御霊も祀られているそうである。

そして、境内にある遊就館《ゆうしゅうかん》には、祀られている死者の遺品や武器、戦争画などが収蔵、展示されていて、近代日本の歴史を知ることができるのである。

このように、いわば日本の国のために尽くされた人々を祀ってある先祖様の神社に参拝してはいけないということは、とても悲しいことである。

総理の参拝禁止には私たちのうかがい知れぬ諸々の事情があるとしても、なんとか一日も早く、国民の代表として総理が堂々と胸を張って、靖国神社参拝ができる日が訪れることを願うのみである。

N総理は、総理としては珍しく軍人経験者で、将校であられたそうだ。若き日の総理の将校の軍服をまとったお姿を想像し、さぞ雄雄《おお》しくご立派であられたことであろうと、私は胸の高鳴りを覚える。

第四章　老親を介護して

母の介護で故郷へ

家庭と仕事をなんとか両立させつつ、私は年を重ねた。義父が、入院などすることなく老衰という形で大往生するのを、自宅で看取った。

子供たちも成長した。娘は大学院を卒業し、M化成会社に就職した。そして同じ職場で知りあった大学院を卒業のすてきな男性と、縁あって結婚の運びとなった。

完璧といえる人間にはなかなかお目にかかれないものだが、私が思うに娘の彼は欠点がないところが欠点といった具合で、娘が良縁に恵まれたことを家族皆で喜び祝福した。

結婚式は東京のOホテルで行った。四国から、年老いた私の両親も孫の結婚と張り切って上京してきた。大勢の方々のご出席をいただき、湘南のゴルフ場に来てくださった大学教授のお顔もあった。

式の始まる前に会場の片隅で手招きする夫の姿があり、なにごとかと駆けつけた。

「おい、驚くなよ、これを見て……」

と言った夫の手に祝電の束が握られていた。その中の一通を、夫は私の目の前に差し出した。

電文の祝詞のあとの差出人に目がいったとき、私は自分の目を疑った。

ジユウミンシユトウソウサイナイカクソウリダイジン………

「え？　本当……これ、どうして？」

呆然とする私に、夫の嬉しそうな楽しそうな笑顔が見え、なんだか鼻の孔が大きく膨らんでいるように感じた。私の恋人宣言を認可した夫は、あたかも自分が私のために成し得た行為だと言わんばかりに得意気である。

しかしこれは夫の職務柄いただいたもので、他に自民党幹事長K・S氏、参議院議長K・M氏、林野庁長官T・T氏……など、いろいろな方々からいただいた祝電であったのである。

私は、これから娘の挙式という事態をさておき、自分の妄想の世界に入っていた。

総理はもちろん、今日の花嫁の母親が湘南のゴルフ場で自分に心ときめかせ、恋心をもった女性であるなどと知る由もないはずである。でも私にとって総理は恋人、その恋人が娘のために祝電をくださった。そう考えると、誰も知らない異次元の世界で私と総理は人には見えない赤い糸でしっかり結ばれているのやもしれぬ。きっとそうだ！

たわいない妄想の世界から我に返った私は、気分爽やかに昂揚《こうよう》し、この日の結婚式の嬉しさが倍増していた。

やがて娘に男の子誕生、夫と私はお爺さん、お婆さんという称号を与えてもらった。

そして五十五歳となった夫は、北海道のK営林支局、支局長を最後に定年退職となり、天下りとやらのお世話で東京にある第二の職場に異動となった。長年の単身赴任に終止符をうち、自宅からの通勤となったのである。

一九八九年、昭和天皇陛下が崩御あそばされ、元号も昭和より平成へと移行した。

この年、義母も他界した。体調を崩した義母は入院が必要となり、義母の娘婿で医者の経営する病院に入院し、一ヵ月足らずの療養で帰らぬ人となった。

義母を見送ったこの年、私も五十五歳という年齢に達していた。深く考えることもなく、神の思し召《おぼ》しなどと調子よく勝手に形づけて入ったフロントでのお仕事も、いろいろな方々との出会いなどがあり楽しく続けているうちに、なんと私は定年まで居座っていたのである。そして、定年退職となった。

慌ただしくただ無我夢中で過ぎ去った十数年。ふと気がつくと、息子も就職し家を出て、広い家には第二の職場も退職した夫と私と二人だけが取り残されていた。

遠い昔の新婚時代にタイムスリップしたように二人きりの生活に戻っていた。ただ新婚時代と違っていたのは、二人ともに頭に白いものが交じり、顔には皺とやらいうものが描かれていることだった。

世間並みの年金生活者となり、悠々自適とまではいかないが、なんとか不自由なく日常生活に甘んじていて、さてこれから二人してゴルフでも楽しむとしようと、第二の人生に期待していた。

しかし、人生はそう甘いものではなかった。

ある夜に電話のベルが鳴り響いた。このベルが、私の人生の最終章にと描いていたいろいろな営みを、夢みた生活設計図を、ものの見事に白紙に戻してしまうような事態に陥らせようなどとは、知る由もなかった。

電話は、土佐に住む私の父からのものであった。実家からの電話はたびたびかかってくるのだが、受話器はほとんど母の専用物で、ただでさえ無口な父は電話口へ出るなぞめったにないことで、私は父の声が耳に入った瞬間に頭に一抹の不安がよぎった。

「お母さんが妙になってのう。食もあまり進まんし、ときどきわけの分からんことを言うたり、ぼーっとして買物にも行かん、炊事もせんようになってどうにもならん。もう困ったもんじゃ。お前もし戻れるようなら、すまんが一度もんてきてくれんかのう……」

土佐弁で途切れ途切れに話す父の言葉の向こうに、想像できない母の姿が浮かんだ。この父の言葉を想像するに、もしや母は、認知症の域に入ったのではないかと思った。

「分かったわ、とにかくすぐに帰るからね」

こう言ったとき、勤めをもたない自由の身のなんとありがたいことか、身軽さにさっと行動できる今の自分たちの境遇に感謝した。今まで私に頼るようなことを一度も言ったことのない父が、初めて私に見せた弱気である。

一人娘だからお前は絶対嫁にはやらない、婿養子を迎えるのだ……と私の結婚に猛反対した父は、それを振り切って嫁に出てしまった私に、意地でも弱みを見せたくなかったのであろう。でも夫の役職が上がり転任するたびに、その任地へいそいそと、張り切って遊びに行っていたのは父である。

父が元気であるゆえ、土佐で母と二人きりで年老いてきている両親のことはさほど気にもとめず、「元気でいるよ」という母の電話の声を耳に安堵していたのだが、考えてみれば、父八十九歳、母八十四歳と二人ともにかなりの高齢に達していたのである。

　年も暮れようとしている師走の空に、私は夫と席を並べて、不安の心に息苦しい思いを爆音で打ち消しつつ、空路高知空港へと向かっていた。

　羽田空港より一時間ちょっとのフライトを翔破《しょうは》して降り立った高知の空港は、南国とはいえ、さすが十二月、思わずコートの襟を立てなくてはならぬほどに冷ややかな空気に包まれていた。

　私の里帰りのたびに空港ロビーの最前列に姿を見せる両親の笑顔が見当たらないことが、今回の私の帰郷を意味していた。

　久し振りに会った母は、冬は和服で過ごすのが常できちんと和服で身繕いし、髪も整えて、にこっと笑いながら私たちを迎えてくれた。いつもと変わらない母の姿に、父の電話はなんだったのだろうと思わず父の顔を見た。

　あえて変わったところを探すとすれば、以前のような朗らかで明るい笑い声が聞こえなかったことくらいで、なんだか拍子抜けしたと同時にほっと安堵した。

　母は確かに自分から買物に行こうとはしない。でも私が誘えばついてきて、普通に買物はできる。散歩も一人で出て帰ってくる。

あまり心配はないようだが、せっかく帰ってきたのだから久し振りに少しのんびり遊んで帰るとするか……と呑気《のんき》に考えていた。

夫は高知といえば現職時代に過ごした任地、知人も多くゴルフに行ったりしていたが、自分の大切な愛犬を藤沢の動物病院に預けてきているため、十日ほどいて帰っていった。

私が来たことで父は安堵したらしい。コタツでテレビと向き合っている姿は、小柄で小さく丸まった背中が置物の猫のようで、なんとも可愛らしい。父は娯楽番組よりニュースとか政治討論といったものが好みである。

画面に、久し振りに見るN元総理の顔があった。私は慌てて父の横に座り、画面に見入った。懐かしい顔だった。そして父に話した。

「お父さん、私ね、N総理にゴルフ場で会ったのよ。本当に格好よくすてきな人でね、尊敬する大好きな人なの……」

夫に認められた恋人だなんて言ったら、父に笑われそうなので、大好きな人に留めた。

父いわく、

「ああこの人はたいした政治家じゃ。きっと後世に名を残す人じゃと思うぜよ。国鉄、電信電話、専売の三公社の民営化という大仕事をやったけのう。日米関係の繁栄化に尽力したり国際社会での日本の地位向上に努めたりしたたいした人物じゃ。立派なもんじゃ」

普段無口であまりしゃべらない父のなんと雄弁で饒舌な口に驚き、畏《おそ》れ入った。

そして、N元総理のことを高く評価してくれたことに私はなぜか嬉しくなった。N元総理が褒められているのに、なんだか私が褒められているような、不思議な気分になったのは理解しがたい。

夫が帰ってから数日後、一人で散歩に出た母が、日が西に傾き始め、私が夕餉《ゆうげ》の仕度を終えても帰ってこない。いつもは三十分もすれば帰ってくるのだが、なんだか心配になって落ち着かず、私はただうろうろとしていた。

耳の遠くなった父母のテレビの音量はかなり拡大されており、その音量の中に包まれたように鳴っている電話のベルに気がついた。走り寄って取り上げた受話器の中から、見知らぬ女性の躊躇《ちゅうちょ》した声が聞こえた。

「お宅にはおばあさんがおるかよ？」

「はい、いますけど今散歩に出ています」

「実はそのおばあさんが今ここにおるがよ。家に帰る道が分からんそうじゃき、迎えに来てもらえますろうか？」

ガーン！　私は頭に一撃を喰らった。そして眩暈《めまい》を覚えるような衝撃を受け、体中がガタガタと崩れていくような気がした。

父からの電話のとき、もしや認知症ではと懸念し、一応覚悟はしてきたものの、目の前にこうして現実を突きつけられると、不安と恐怖が体全体を包囲した。機智に富み、明るく朗らかで天真爛漫、いつも周りに笑いや幸せを振りまき誰からも好かれるすてきな母、母は私の理想とする母親像だ。間違っても認知症などが忍び寄ってくるわけがない。

夕暮れの町を夕陽を背に受けつつ理想と現実が交錯する頭を必死で支えつつ、母の居場所を目指して駆けていた。

家から東へ一キロほどの所にある豆腐屋さんの店内の上《あが》り框《かまち》にしょんぼりと肩を落とし、悄然と座る母の姿を目にしたとき、私は言いようのない息苦しさに愕然とした。

「お母さん、さあ帰ろうね」

母を保護し、電話番号まで調べて連絡してくださったこの店の方にはただただ感謝である。後に改めてお礼にうかがうことにして店を出た。

こうして母と手を取りあって歩くのはなん十年振りであろうか？　遠い昔日、北朝鮮での深夜、凍てつく氷雪の夜道を収容所からの脱出のために私はしっかり母の手を握り、この手を唯一の拠り所として歩いた記憶が蘇ってくる。

今は違う。紅い夕陽を浴びて穏やかで平和な日本の地で、今度は母が私の手を拠り所として歩いている。

そうだ！　これからは私がこの母を守らなければならない。昔私が守ってもらったように、今度は私が母を守らなければ……。夕闇の巷《ちまた》に私は自分にこう言い聞かせ、先ほどまでの不安や恐怖心はどこへやら、これから立ち向かう母への介護に身を引き締めた。

この介護生活はこのときから四年もの間、高知と藤沢を往復しつつ私は根無し草のような生活状態となるのである。

母が朦朧となるのに反し、父は明晰で、なるべく私に迷惑をかけさせまいと母の面倒をよくみて、自分自身のことは全て年齢に似合わぬ行動で処理し、おかげで私は母を父に託してときどき藤沢へ帰ることが可能であった。しかしそれも最初の一年ほどで、母の認知症は徐々に進行し、年老いた父一人にはまかせることができない状態となっていった。

今度は夫が藤沢の家を守り、私が単身赴任といった状態に逆転した。

物忘れ、徘徊《はいかい》、疑心暗鬼、幻覚症状、放心状態、攻撃精神など、諸々の症状が順を追って母を追いかけてくる。特に顕著であったのは、戦後の収容所での出来事、引き揚げ途中に凌辱を受けたことへの再燃であり、数十年経た今でも母の戦後はまだ終わっていないのだと私は驚愕し、戦争というものの恐ろしさを思い知らされた。

母は通院するための外出でも、鉄砲を持った男に見張られ、後をつけられていると怯え、病院に入れば周りは皆敵であり、医者はロシヤ兵になってしまう。

「お母さん、大丈夫よ。ここは日本でロシヤ兵はいないの」

なだめすかして診察を受けさせる。なんとも哀れな母の姿に、戦争による敗戦国民の惨めさを再認識させられ、今の世の平和が眩しく感じられた。

認知症の年寄りは二度目の子供とも言われるが、実にそのとおりで、自分の意に添わねば腹をたて、薬であろうがなんであろうが手当たり次第口に入れ、あてもなく外へ出て思わぬ行動を起こす。幼児と全く同じで目が離せない。

幼児ならば、これからの人生の成長のために、思いどおりにさせるわけにはいかず叱って言い聞かせて物事の善悪を諭《さと》し、躾《しつけ》というものをせねばならぬ。しかし、老人にはこれからの成長はなく、ただ死に向かっているだけであるのだから、躾など不要である。

老人にとって目前にあるのは、死という現実のみなのだ。年老いたとき、趣味を持て、楽しみを見つけよと、それを実践したところで次にあるのはやはり死、死への恐怖、この恐怖から逃れるために神は認知症という逃避の場所を設けてくれたのかもしれない。現世から来世への空間に、認知症を抱えて浮遊すれば、死という恐怖から逃れることができるであろう。

しかし、本人は認知症に逃げたとしても、周りにいる者はたまったものではない。特に介護する者には、真剣に向き合えば向き合うほどに認知症者に翻弄され、苛々がつのり、こちらまで頭がおかしくなるのではないかといった状態に陥る。

省察してみるに、介護する私は身構えそして認知症者（母）の発言を全て否定し、そうではない、それは間違っている、そんなことを言ってはならない、してはいけないと真剣になって諭していたような気がする。もう躾は必要ないのである。

母に笑顔がなくなったと嘆きつつ、自分はどうだろう、母どころか自分のほうがすっかり笑顔を忘れているのではないか、こちらが笑わなければ母も笑えるわけがない、と気がついた。

そして、このようになった母の状態を恥ずかしいこととして近隣に知られないように、ガードすることに必死であった自分がいたようにも思う。

おかしな行動をする母に目くじらをたてず、黒い衣こそまとっていないが、我が家には忍者遊びをする母がいるのだと思えばどうだろう。この忍者は実にいろいろな術を心得ていて私たちを楽しませてくれるのだ、と。

特に得意とするのは、徘徊の術、遁走《とんそう》の術、逃避《とうひ》の術、隠遁《いんとん》の術、隠匿《いんとく》の術、これらの術を駆使して家中をかき回し、そのうえ無言の術、饒舌《じょうぜつ》の術、暴言の術、涙腺開閉の術などさまざまな術を会得修行し、瞬《まばた》きなしに目を据え能面のごとき表情になるという高等技術にまで到達しているのである。見事だ！　私には真似できない。

「ロシヤ兵が来た」

と言って逃避の術、カーテンを引きベッドの足許に身を伏せる。

これまでの私、

「なにしてるの、ここは日本でしょう。ロシヤ兵などいないわよ」

しかし今は違う。

「あっ、ロシヤ兵、それはたいへん、隠れなければ……」

と母の横に一緒に身を伏せる。ほんの数秒でよいのだ。

「お母さん、もう大丈夫、ロシヤ兵通り過ぎたようよ」

母は安心したように立ち上がり、カーテンを開く。これにて一件落着。

「お財布がない、確かにここへ置いた」

これは多くの老人が頻繁に使われる疑心暗鬼の術、自分でしまっておいて、なくなったのは誰かのせい。

これまでの私、

「またそんなことを言って、自分でどこかへ置き忘れたのでしょう。誰かが盗ったみたいに言わないでよ」

しかし今は違う。

「あら、お財布がないの、それはたいへん、一緒に探そうね」

と母と一緒になって私は探すふりをする。そして棚にあったアルバムを取り出し、

「お母さん、アルバムがあったわ」

と開いて見せる。母は覗き込んで懐かしそうに眺める。

「これは浅草に連れて行ってもらったときの」

昔のことは実によく覚えている。アルバムでなくてもなんでもよいのだ。思い出のある品を見せる。お財布のことなどすっかりどこかへ消え去り、これにて一件落着。

自分がこうだと思い込んでいることを否定されると、そうでなくても混乱している頭の中がますます混乱してしまう。だから逆らってはいけない。こうして私は母に逆らわず、全て同調してあげるという術を会得した。

母が忍者のごとし、と思えば突飛な行動をとればとるほどそれが面白く、次はどのような術を見せてくれるのかと、むしろ期待すら抱かされる。

他人様には、我が家には愉快な忍者がいますと公言すればいい。そして協力をお願いしよう。

「命長ければ恥多し」と兼好法師が徒然草の中に引用していることで有名なこのことわざのとおり、長生きをすれば恥の上塗《うわぬ》りをすることが多いのであるから、母の言動を恥じることなく、オープンにすれば自分もずいぶんと気楽になれる。だから母には、浮遊空間で想うぞんぶん自由奔放に羽搏《はばた》いてもらうことにしよう。

母に決して逆らわず笑顔で、優しい言葉で接することが最良という結論に至った。この結論を得るまでに、なんと二年の歳月を要していた。

つのる恋心

ある日、父が教えてくれた。

「前のN総理が高知へ来ちょるそうじゃ」

ヤッター！　と思った。遠くからでも直接お目にかかれるチャンス……これを見逃してはならない。要人の方々が宿泊される宿泊施設に私は絶対見に行くのだと決めた。

早めに両親に夕食を与え、ちょっと町へ行ってくるね……と伝えて家を出た。

宿泊されているはずの宿泊施設の前に立った。予想に反して人影もまばら、しんとして活気がない。要人宿泊に警戒しているからか？　……

和服姿のおかみらしき人がやってきて、私を手招きしている。あれっ、と不思議に思いながらもなんの懸念も抱かず、おかみの後に従った。

通された風格ある和室、室内の中央に置かれた大きな応接台には、高知の名物料理である皿鉢料理《さわちりょうり》をはじめ、鰹のたたきなど、海産物のありとあらゆる食材を駆使した料理が豪華絢爛に溢れていた。その料理の前に、私の忘れることのできないあの憧れのN元総理が、にこやかに寛いで座ってみえた。

緊張で強張《こわば》ってしまった私はそろそろと歩み寄り、やっとの思いで応接台の前に、N元総理の差し向かいに正座した。丁寧に頭を下げてあいさつはできたものの、どうしても言葉を発することができない。焦る。そうするとますます緊張の度合いが増し、体は石像のごとき状態に凝り固まってしまった。

N元総理は……と見れば相変わらずのにこやかな笑顔で私を見つめている。しかし声はかけてくださらない。どうしよう。困った。

そうだ！　私はバッグからメモ帳を取り出し、一ページを裂き、ボールペンで走り書きをした。我が意を認《したた》めたその用紙をそっとN元総理の前に差し出した。N元総理が手を差し伸べ、メモ用紙に触れようとした瞬間……。

舞台は暗転した。

私の目には、天井板の木目が薄暗闇の中に浮かんで見えた。なんと右手は布団の上に差し出されていた。

夢だ！　夢だったのだ。なーんだ、夢か。

枕許の時計を見る。針は夜明けの五時前を指していた。

夢にしろ、恋人であるN元総理に会えたことは嬉しい。しかし、夢にしてもこうはっきりと記憶できた夢は現実の行動に等しい。なんだか嬉しくて昂奮してしまった。起きるにしてはまだ時間が早すぎる。

寝床の中で夢の余韻に浸りつつ反芻《はんすう》しながら、思いがけない楽しみのときを得た。

N元総理に差し出したメモ用紙に走り書きしたあの内容が、なぜか記憶のどこかに残っている。寝床から抜け出し、慌てて机に向かいペンを執った。

〈今　目の前に　我が憧れの君がいる
幻ならば　消えないで
もし夢ならば　覚めないで
現実ならばその胸に
そっと　私を抱き寄せて〉

ノートに書き散らしたこの文字は、のちのち私が唯一、N元総理とデートできた瞬間を思い起こさせてくれるものとなった。

夫は三ヵ月に一度くらいやってくる。

定年後ののんびりとした生活をさせてあげられないことに、私としては本当に申しわけなく、自責の念に駆られていた。しかし、ドライブを趣味とする夫は藤沢と高知の長距離を楽しみながら運転して来てくれるのが、私の救いでもあった。

久し振りに会った夫に私は、N元総理と夢で会うことができた話をした。

にこにこと笑みを浮かべながら楽しそうに相槌を打ってくれていた夫が言った。

「おー、それは良かった。夢にしろ恋人に会えたのだからな。でもそこで目が覚めたのはちょっと残念！　気の毒だったなー……よーし、その夢を現実としてやろう。おれがN元総理の代理……」

言うが早いか、私の顔は夫の胸の前にあり両腕の中に抱え込まれていた。

長年のマンネリズム化した夫婦生活の営みの中にN元総理という起爆剤が投入されたからか、夫の今までにない肢体の激しい現象にとまどいつつも、私はエクスタシーに陥っていった。

「あなた、見事な奮闘だったわね」

「それはそうだよ。N元総理の代理だからな……」

「アッハハハハー」

「ウッフフフフー」

同時に二人の口から失笑が洩《も》れていた。

高知へ介護にきて三度目の桜が咲いた。

「お弁当を作るから、三人でお花見に行かない？」

と父母を誘ってみた。父は「行こう」と即答したのだが、母は、

「私は行きません」

と頑として動く気配がない。

「お花見に行ったら、お母さん、良い歌が詠めるかもしれないよ、前はよく詠んでいたじゃない」

母の趣味のひとつに俳句や和歌があり、投稿したりして楽しんでいた。

「歌は家にいても作れます」

と能面のような顔をして母は言った。ならばと、私は紙とエンピツを母の座る前のテーブルの上にそっと置いておいた。

「お母さん、なにやら書きようぜよ」

と父からの注進に私は緊張した。

春がきて　桜咲くのは当たりまえ　それを見に行く　ばか達がいる

以前のように達筆とはいかないが、震えた文字が紙面に躍っていた。

「むむっー」

思わず絶句。この短歌、なんとなく的を射ていて、言いえて妙……とおかしくもあり、込みあげてくる笑いをこらえて、

「ウワッー！　お母さん詠めたね。上手に作れたわ、すごいっ！」

と褒めそやした。

真面目な顔をして座る母の鼻の孔が、少し膨らんでいるようにも見えた。横から覗き込んで見ていた父が、私の耳元にそっと呟いた。

「自分がバカじゃあに、人をバカ言うもんがあるかのう」

父のこの言葉に私はおかしさ倍増、こらえきれなくなって笑ってしまった。すると、なんと母が、この母が一緒になって笑った。私は目の玉が飛び出るほどに驚いた。

父は母が本当のバカになってしまったものと思い込んでいるらしい。

幸いなことに二人ともに足腰はしっかりしていて、まだおむつの必要がないことで介護の苦労半減である。そのうえかかりつけ医の処方箋のおかげか、夜は二人ともに結構よく眠ってくれるので助かっている。

日中は掃除、洗濯、買物、食事準備、あとは母の相手と目まぐるしく過ぎるが、夜九時になると二人ともに床に就いてくれる。

それからあとが私自身の時間となる。テレビを見てもよいのだが、襖ひとつ隔てた父母の寝室に少しでも静かに寝てもらいたくて、チャンネルに手がいかずそっと二階の自分の部屋に引き揚げる。

ほとんどが本を読むことで時間を費やすのだが、月の美しい夜は屋根上にある物干し台に上がり、飽きることなく月を眺め、月と会話する。

幼少の頃母はよく縁側で私を膝に乗せ、月を眺めながら話をしてくれたものである。半分眠くなりながらも母の話は楽しく、私は月の世界に思いを馳せた記憶がある。

「お月さんにはうさぎさんがいてね、お餅をついているの。その周りでみんな楽しくお手てつないでまあるく輪になって、歌ったり踊ったりしているのよ。みんなが仲良くまあるい輪を作るから、お月さんはまん丸なの」

私が国民学校一年生に入学した年、大東亜戦争が始まった。学校の資料室の片隅にあった地球儀を見て、私は思った。

世界は丸い。人々が皆仲良く手をつなぐために丸い地球なのに、どうして戦争などするのだろう。世界中の人々が仲良く手をつなげば、丸い輪となり、丸い地球が喜ぶのに……。

私の記憶の片隅にずっと居座っている、幼い頃の月と地球儀の物語である。

戦争中は、どんなに美しい月でも眺める余裕などなかった。月があることさえ忘れていた。月と会話ができるのは、世の中が平和であるからなのだ。

月を眺めている私に、成長した娘が訊いた。

「お母さん、どうしてそんなに月を眺めるのが好きなの？」

今度は私が娘に月の話をした。

「この月、世界にひとつしかないでしょう。たとえば自分の好きな人が遠くに離れているとする。逢いたいけれど逢えない。でも同じ時刻に二人がこの同じ月を眺めたとしたら、同じものを二人で共有することができる。すごいことだと思わない？　両方で〈好きです。逢いたいです〉なんて言ったら通じあえる。もうたまらなくロマンチックじゃない。ドキドキするわよね」

と。ところが娘……。

「バッカみたい、お母さん、今は人間が月に行く時代だよ。おかしいよ」

と一笑に付されてしまった。

でも私は、月を眺め、好きな人のことを思って現実に成し得ないことでもいろいろと空想夢想して、その世界に没入できる。私にとって月は、現実からの逃避場所でもあるのだ。

また、横浜に住む可愛い孫たちのこと、自宅を一人で守ってくれている夫のこと、東京に住む息子のこと、そして長年恋人と称しているN元総理のこと、これらの愛する人々への思いを月に託して安らぎを得ていることもある。

私の元総理への恋心は、現実的ではないからこそ、夫に広言し気兼ねすることなく堂々と胸の内で風船のように膨らませている。だがその一方で、日本の片隅にこのような純粋な恋心を持った女性がいるのだということを元総理に知ってほしい。私の恋するこの方にせめて十分の一でもよい、この気持ちを知っていただけるならお伝えしたい。なんとか気持ちを伝えたい。

まるで夢物語のようなことだと想像しつつも、この表現しようもない心のときめきを思い巡らせ楽しんでいる自分がいた。

思いきってラブレターを書いてみるか！　いや、そんなはしたないことはできない。相手を考えて発想しろ、元総理大臣だよ。

自問自答しつつ時を過ごす。実に楽しい！

私には、もう一人の自分がいる。

兄弟姉妹がなく一人っ子だったからか、私は幼い頃から一人遊びが得意だった。遊んでいるうちに、もう一人の自分がいることに気がついた。嬉しいとき、楽しいとき、困ったとき、口惜しいとき、悩みごとがあるとき、いつも私の相談相手になってくれる。大人になった今でもそうだ。

もう一人の自分が言った。

〈そんなに好きなら活字にすればいい〉

〈活字？　それって本にでもすること？　本にしたって読んでいただけるとは限らないよ〉

〈読んでもらおうなんて思うことはない。自分の気持ちを吐露することで、自己満足できる〉

〈なるほど、面白い。書で表すのか〉

といった具合である。

そう言えば、思い出したことがある。小学六年生のとき、親子三者面談があり、先生が母に、

「ひろ子さんは作家になれるかもしれない素質がありますよ」

と言って、母が「えっ！」と驚き、そしてとても嬉しそうな顔をして私を見たことを。

確かに作文の授業は私の一番好きな時間だった。作文提出のたびに先生は私の作品を褒めそやしてくださったものである。先生との面談での言葉は、なに気なく聞き流したものだが、その言葉はいつしか私の心の片隅のどこかにそっとこびりついていたらしい。

作家だなんて、そんなおこがましいことは思いもしないが、自分の生きた証として一冊くらい本があってもいいかも……。

〈決めた！〉

こうなったら抑えのきかない私の性格の虫が蠢き始めた。人生も後半に入っての決断であった。

食材を買いに出たついでに、私はもう文房具店に立ち寄っていた。原稿用紙、エンピツ、消しゴムと買い込んで、なんだか昨日までと違う自分になったような、うきうきした気分で帰途についた。

家に帰ると母がいない。

「お父さん、お母さんは？」

「さっきまでそこに座りよったが、どこへいつろう、おらんかや……」

風呂場、トイレ、二階、押し入れと、あまり広くもない家を探し回ったが見当たらない。

さては徘徊……と思ったそのとき、部屋の隅に寄せられたカーテンが異様に膨らんでいることに気がついた。

なんとカーテンの裾に二本の足が生えていた。

「お母さん、もうロシヤ兵はいませんよ」

カーテンの中から安堵した顔の母の姿が現れて、私は思わず笑ってしまった。

父が呟いた。

「まあ、妙なことを思いつくもんじゃのう」

私が帰宅し、表戸を開けた音で、慌てて身を隠したのであろう。実に見事な母の雲隠れの術であった。

夜、父母が床に就きやがて二人の寝息を確認すると、私は足音を忍ばせつつも二階へかけ上がる。月を眺めつつ、得た構想を筆に託す。

この書の根底は、自分が恋しいという思いの文を表現すること。彼に逢い、心を射抜かれたのがゴルフ場であったのだから、舞台はやはりゴルフ場か……。ゴルフ場でも実際にお逢いしたのは玄関脇のフロントであったのだから、これでは一冊の本にするには話題に欠ける。

私がキャディを始めるとき、立ち寄った書店にはゴルフルールやプレイヤーに対する本は山積していたが、キャディへの参考となるべき本が見当たらなかった。そうだ！　キャディの本を書けばいい。キャディのことなら話題山積。いくらページがあっても足りないほどの資料をたくわえている。その中の一部に、そっと恋人への思いを挿入すればいいではないか。構想は決まった。

そして、標題が浮かんだ。『キャディ・ナンバー・112』。112は私のキャディ見習い時のネーム・ナンバーである。

よっし、これに決めた。

それからの私は、夜を待ち焦がれた。夜ごと夜ごと、机上の原稿用紙に向かった。青空のもと緑の光景に囲まれ、爽やかな風を頬に受けつつ歩いた当時の風景の中に、時の経つのも忘れ没頭し、筆は面白いように走り進んだ。

そうしたある日、夫から電話があった。いつもと違う声に、

「風邪でもひいた?」

と訊くと、ここ二、三日体調が悪いが熱はないから心配はいらない、と言う。

「すぐ病院に行ってよ」

と言ったが、一人で病院には絶対行かない夫のことはよく知っている。考えてみれば夫も七十歳間近、体調に変化があってもおかしくない年頃だ。

すわっ、一大事、背中に戦慄が走った。どうしよう。どうしたらよいだろう。今の状態の両親をこのまま置いて帰ることはできない。焦った。頭の中が混乱し、考えに考えた。

市のほうからたまに訪ねてくださる福祉の職員に相談をしてみた。

ご両親を養老院に預け、あなたはお一人で藤沢のほうへ帰られたらいいでしょう。福祉の職員にはいとも簡単にこう結論づけられた。

さて、どうしよう。

もう一人の私が現れた。

〈なにをぐだぐだと考えている。福祉の方に言われたとおりにすれば解決じゃない〉

〈そうなの、施設へ預けて……それは私も考えたことのひとつなの。でもね、私にはひと

つのポリシーがあってね、北朝鮮から生死の間をさまよいながらなんとか無事に帰国できたのは、母が身をもって私を守ってくれたから……この母の最期を私が絶対看取るということが、私に課せられた使命感であり、このような気持ちをずっと抱き続けてきたから……母の最期には私、母の側にいたい。いや、いなければならないの〉

〈なんだ、そういうことなら結論はひとつしかないね。二人を藤沢へ連れて行けばいい〉

〈なるほど……そうだ。そういう手があった。それしかない、そうしよう。ありがとう〉

もともと両親はどちらかが一人になった場合、一人娘の私の所へ行くという生活設計のもとに、父が勤めを退職した時点で、私たちの家に増築という形で四ＬＤＫの結構大きな家を建てていたのである。

もう二十年も前のことだが、この間家は私たちが重宝して使用させてもらっていた。

しかし二人がまだ健在で、藤沢へ連れて行くと言ったら母はともかく、父がすんなりと受け入れてくれるであろうか。転居させるには、二人ともあまりにも年をとり過ぎていた。そして、今までなん十年も住み慣れた故郷と決別させることがいかに酷であるかということも、百も承知であった。

「こがあな年寄りを今よその地へ連れていたら、すぐに死ぬらあや」

と言った親戚の者のこの言葉が私の心にぐさりとささり、私の決断を揺り動かしていた。

とにかく思いきって父に打診をしてみた。

「お父さん、藤沢へ行かない？」

と。私の話を聞き終えた父は、なんの抵抗もなく即答した。

「そうじゃ、わしらあが藤沢へ行こうぜや、おまんらあがいつまでも藤沢、高知を行ったり来たりは大ごとじゃけんのう」

いかにして父を説得すべきかと気構えていた私は、驚きとともにすっかり拍子抜けさせられた。でも、とても嬉しくほっとした。

父が、母ともども全てのことを私に委ねなければならぬ現実をしっかり把握できていたことと、藤沢には自分の建てた住まいがあるということ、それが私の申し出をすんなりと受け入れてくれた要因であったようである。

高知から藤沢へ

転居決定、父九十三歳、母八十八歳の転居であった。

まず二人を養老院に二週間預けのお願いをして、藤沢、高知両方の家の準備、整理に奔走。身も心もへとへと、くたくたになりながら、ここはもう気力と体力で頑張るしかなかった。頑張った。

空港へ電話し、一人で二人の老人を連れて行くのだが……と相談した。

空港玄関まで連れてくればあとは全て空港職員におまかせを、羽田空港でも、空港玄関までは全てお手伝いします、と嬉しい返答をいただき、ほっと安堵した。

しかし母のこともあり、この転居は吉と出るか凶と出るか、私にとってはひとつの大きな賭けであった。

高知空港の玄関に、空港職員の手によって二台の車椅子に乗せられた父母は、親族や、近隣の人々の見送りを受け、気丈に手を振っていたが、和服で腰かけている母は目にとまらなかったが、ズボン姿で腰かけた父の股間には、用心のためにと尿漏れをガードする襁褓《おしめ》がもっこりと異状に膨らんで見え、私は思わず目を逸らし、〈かわいそう〉と胸中涙していた。

機内の最前列の座席に、左右に両親を従えベルトを締められて、これから発ち向かう六月の高知の上空は、梅雨空そのままにどんよりと暗雲が立ち込め、不安いっぱいの私の気持ちを代弁しているようで、私は心身ともに硬直していた。

私の手をしっかり握り締めた母は虚ろな目で前方を凝視し、父は薄白く澱んだ瞳をしょぼつかせながら心もとなげに機内を見回している。二人は今なにを思い老躯《ろうく》を持ち堪えているのだろうか。

私は今、いったいなにをしているのだろう。

九十三歳、八十八歳という老父母を、今頃は平穏な地上でゆったりと寧日な日々を過ごさせてあげなければならないのに、こんな空の上まで引き摺りあげてかわいそうに、私が今していることは間違っているのではないだろうか。

飛行機の爆音と振動にも負けないぐらいに私の心は高鳴り、揺れ動き慟哭していた。

〈お父さん、お母さん、ごめんなさい。ごめんなさい〉

と謝り続け暗涙《あんるい》にむせんだ。

私の心が大揺れしただけで飛行機はなんの支障もなく無事フライトを終え、羽田空港に着陸した。

高知での不安な梅雨空と違って、東京は白雲の中に青空がのぞき、希望の兆しが見えたようで、心が和んだ。

二台の車椅子はまた空港職員の手によって玄関口までお世話になり、そこにはワンボックスカーが横付けされて、にこやかな夫の笑顔が待機していた。車の後部にはマットレスが敷かれ、枕が二つ並べられて毛布が二枚添えられていた。

「おじいちゃん、おばあちゃん、疲れたでしょう。特別の車を用意して迎えに来ましたよ。さあ乗って、横になって……」

「げにすまんのう」

と顔を綻ばせ礼を言った父の表情が、私にはとても新鮮に映った。母はと見れば、神妙に真顔である。

梅雨の晴れ間の東京の空に薄日が差して、ほの暖かい光が車道を通して横たわった二人の姿を温かく包み、ハンドルを慎重に握る夫に操られながら、車は首都高速を一路西へ、藤沢へと向かって走った。

私は助手席から後部席をうかがいつつ、さぞ不安いっぱいであろう父母の気持ちを思うと、かわいそうに……とまた涙が溢れそうになった。

藤沢の家の日光が燦々《さんさん》と差し込む室内には、真新しい二台のベッドが並び、真新しい布団が載せられ、主の到着を待っていた。老父母には本当に苛酷な旅であったことは否めない。ベッドに横たわった二人を見て、また涙が込み上げてきた。

もう一人の私が現れた。

〈どうして涙ばかりしている？　こうすることが最良と決断して実行したことでしょう。涙ばかりしている場合ではないのよ。しっかりしてよ。これから二人を背負って歩いてゆかねばならないのだから……ここは頑張るしかないでしょう。ガンバレ！〉

叱咤激励されて、私は我に返った。

〈そうだ、お父さん、お母さん、私はこれからあなたたち二人を日本一、いや世界一幸せなお年寄りにしてみせます。必ず最高の幸せを与えてみせます、お約束します〉

私は心に固く誓い、自分自身に約束した。このとき以来私は涙を封じ込め、笑顔をモットーとした。


高知にいた頃のように、頻繁に訪れる来客は皆無である。しかし両親にとっては、多数の訪問客以上に、たった二人の訪問者がこのうえない起爆剤となっていた。

横浜に住む七歳のやっちゃんと五歳のまりちゃん、二人の曾孫が、両親にとっては孫である母親とともに、ルンルンとスキップしながらやってくるのが最高の楽しみなのだ。

「大じいちゃん、大ばあちゃん」

とまとわりつく二人に、大じいちゃんはもちろんのこと、能面のような大ばあちゃんの顔も緩むのである。

明日二人のちびちゃんが来るよ……と知らせると、大じいちゃんは財布から一万円札を二枚取り出し、テーブルに並べて待つ。今の父の生活で唯一自分の手でする現金出費は二人の曾孫に与える小遣いだけなのだ。

「大じいちゃん、ありがとう、ありがとう」

とピョンピョン飛び跳ねながら喜ぶ二人の姿を見ることが生き甲斐のひとつとなっている。幼い二人は、大じいちゃんは自分たちのお小遣いの宝庫であり、大じいちゃんは大金持ちと思っているのであるから、その二人に奉《たてまつ》られた大じいちゃんはご機嫌なのである。

父母の藤沢での生活も徐々に軌道に乗り、心配した夫の体調も特に変化なく順調で、父母で食事する居間への食事運搬は夫がかって出てくれた。

「ハーイ、昼食の出前ですよー」

とおどけた調子で食事を持って行くと、なんと夫を見上げた母がニコニコと笑った。夫の後に従っていた私は、この母の笑顔に仰天した。

〈ウワッ！　笑った〉

いつも夫を憎しみのような眼球で睥睨《へいげい》していた母が見せた笑顔。

「出前賃は、なんぼですろうのう」

とこれもまた、おどけて返した父の言葉に皆で大笑いとなった。母も笑った。すっかり笑いの途絶えていた家族の久し振りの笑いに、家までも笑い揺るいでいた。家庭には笑いが必要なのだ。笑いは福を招き、幸せを呼び、人の心を豊かにする。いつも笑っていよう。私は嬉しくて小躍りしたい気分であった。

母の豹変ぶりは奇跡。私にとっては奇跡としか言いようがない。徘徊や罵詈雑言《ばりぞうごん》は消え、攻撃的な行動はすっかり影を潜め、ロシヤ兵の姿も現れなくなって、代わりに笑顔が現れた。だが頭内回線が絡んでのまだら惚けがすっかり消えたわけではなく、ときどき忍者になることもある。

お膳の上に並べられたおかずに母の大好物の明太子があった場合、父と同じに並べられた自分の明太子はしっかりと確保したまますっと手を延ばし、父の明太子を素早く取り上げ自分の口の中へ投げ入れる。その早業……。

「おい、おい、それはおらのじゃが。人のおかずを喰うやつがあるか！」

と言っている父を無視してもぐもぐもぐ。

「お父さん、やられたねえ」

私はその母の早業に笑いがとまらない。これぞ、まさしく見事な隼《はやぶさ》の術である。

こうしたことはあるものの、皆を笑わせてくれることで楽しい。

高知でのあの奇怪な母の行動は、いったいなんだったのであろう。転居という環境の変化がこのような現象をもたらしたのであろうか。藤沢へ連れてくることが私にとっては大きな賭けであったのだが、結果は吉どころではなく大大吉となった。万々歳である。

あまりお医者様のお世話になることもなく、ときには私とともに庭に下りて犬としゃべったり草むしりをするなど平穏な日々に、私はまた夜の原稿用紙に向かう楽しみを得ることができた。

こうして、にこやかな笑顔を取り戻した母も、やがて半年ほどのおむつの寝たきり状態となり、藤沢での生活は二年三ヵ月でピリオドをうった。

病名肺炎、母九十歳での旅立ちであった。夫である父に、私たちに、孫や曾孫たちに囲まれ、江の島を背景に藤沢という舞台で笑顔を見せ、美しく昇天して行った母。

高知での状態で旅立たれていたなら、私には悔いが残ったと思う。藤沢に連れてきてよかった。

母の遺品の中にあった一枚の紙切れ……。

ありがとう　ひろ子を産んで母さんは　この世の老いを　幸せに逝く

広告紙の裏の白紙の部分に震える手で書かれたこの言葉の中には、矍鑠《かくしゃく》として背筋をぴんと伸ばした母がいた。広告を見るに、これは藤沢へ来てから記したもののようで、私は母から最大の贈り物をもらったような気がした。

このような気持ちで旅立っていってくれた母に、ありがとうと言わねばならぬのは私のほうである。

母の介護でしばらく手につかなかった原稿用紙に、母の死の悲しみを紛らわせてもらいつつ執筆は終盤に向かっていた。

残された父は、今まで自分が守らなければならないと必死で身構えていた母が亡くなり、緊張の糸がぷつりと切れたものか覇気がなくなり、今までいた父の姿が消えてしまった。

やはり母の死は父にとってあまりに大きかった。私はできる限り父を一人にしないように私たちの居間に連れてきたりして、絶えず会話を楽しむよう努力した。

「ひろ子、お前にはえろう迷惑をかけるのう。お前一人じゃあき、わしらあの世話もたいへんじゃ。もう一人子供がおったらよかったのう」

〈あらあら、お父さんずいぶんとしっかりしてよく分かっているじゃないと内心安堵〉

「そうじゃ！　おらが結婚すればええがじゃ。そしたらもう一人子供ができるけのう」

〈えっ、えー、理屈はそうだけど……それはどうもねー〉

と内心、ガクッ！

「そうだね、お父さんそれはいい考えだね。いい相手を探してみようね」

笑いをこらえて相槌を打つと、まんざらでもないといった表情をし、鼻の孔が膨らんでいる。実に可愛く、楽しい。

「ひろ子、おらには女房がおっつろうか？」

「あら、お父さん、私という娘がいるんだからお母さんがいたじゃない」

「そうかねや、どうしても思い出せん、どがあな人じゃっつろう」

私はにこやかに笑っている母の大きく引き伸ばした写真を持ってきて父に渡した。

じーっと、しげしげと見つめている。真剣な表情で時間をかけてとくと眺めていたが、

「あーあ、やっぱり分からん、この女子《おなご》の人は誰じゃろう……」

〈あー、やっぱり、こりゃ駄目だ〉

私は仏壇の母に向かって呟いた。

〈お母さん、お父さんにすっかり忘れ去られてしまったよ……〉

一生懸命母の顔を思い出そうとしている父の表情がなんともいとおしくいじらしい。

奇跡のラブレター

さて、私待望の著書の原稿が完成した。

ずいぶんと月日を要したが、なんとか最終稿を迎えたときは、怒り肩が撫で肩になったような気分で、長い道程《みちのり》を踏破《とうは》したときのような喜びと安堵感に充ちていた。

張り切って出版社へ持ち込むという私に、夫は言った。

「お前、持って行っても必ず出版してもらえるとは限らないんだからな、ボツにされることもあるんだから……」

夫は、素人の私の作文など出版されることはまずあり得ないだろうと思っていたらしく、ボツにされたときの私の落胆を懸念してかけてくれた言葉だったようである。

東京の近代文藝社から届いたのは出版契約書だった。出版はしていただけるらしい。しかしそこには但し書とあり、共同出版という形で半分の出資金が必要とされていた。

私は、はたと考えた。自分の書いたものにお金を出してまで出版する価値があるのだろうか、迷い悩んだ。

契約書を読み終えた夫が言った。

「なにも悩み考えることなどない。人生で自分の書いたものが本になるなんてことはそうざらにあるものではない。せっかくの出版のチャンス、いまさら金など問題ではない、すぐに契約しろ」

夫の言葉に背中を押され、私は張り切って契約書にサインした。

思ったより早く製本となり、手元に届いたときは、表紙に記された題名、キャディ・ナンバー・112と、自分の名前を不思議なものでも見るような気分で眺めた。

夫も父も本を手にして喜んでくれた。

表紙を開くと、真新しい紙とインクの匂いが漂ったような気がした。

恋しいN元総理へのラブレターは一冊の本となって私の手の中にある。まるで夢のよう、でも現実である。総ページ数一六三ページ。さて、私の一番の目的とするN元総理への愛の告白は……。胸がドキドキした。ページをめくる手が震えた。

〈あった！〉

それは、一〇七ページと一〇八ページ、紙にしてたった一枚の告白文が活字となって浮き出ていた。

湘南の見事な青空のもとゴルフ場の玄関に颯爽と現れたN元総理のお姿が、私の胸に強烈な一矢を放たれて、私は恋に陥った。あの日から十一年の歳月が流れ去った。だのに、まるで昨日のことのように思い出される。

自分の書いたものである活字を追いながら、なんだか面映ゆくなった。もしご本人の目に留まったらどうしよう。張り切って書いたものの、気恥ずかしくなってきた。どうしよう。読んでもらいたいが、読まれたくない。おかしな気分が交錯していた。

うろたえる私にもう一人の自分が現れた。

〈いまさらなにをうろたえているのよ。告白するのだと意気込んで活字にしたのでしょう〉

〈それはそうだけど……でも〉

〈でも、心配ないない。間違ってもN元総理の目には留まらない。お忙しいあの方がこん

な本を買ってお読みになるわけがない〉
〈そうだね。そうだ、そうだ。もしお目に留まることがあったとしたらそれは奇跡だよね〉

奇跡などそう起こるものではない。心が少し落ち着いた。

多くの知人、友人が読んでくださり、いろいろなご批評をいただいて嬉しく思った。

本を出版して一年ほどの月日が流れたある日、東京へ出かけていた夫が帰ってきて、思いもかけないことを口にした。

「今日、キャディの本を持って行って、M君に渡してきたよ」

「えっ！　なに？」

「実はこの間M君に会ったとき、お前の本の話をして笑ったのさ。そしたら今度その本を持ってきたら自分がN代議士事務所に届けてやるよ……と言われてな、それで今日持って行ってきた」

私は驚きで声も出なく茫然とした。M君とは、夫が現職時代の部下の方で、今は衆議院の代議士先生になっていらっしゃる。のちに農林大臣となられた方である。

私がN元総理に初めてお会いして恋人宣言をしたとき、夫は大いに恋しろ、応援してやるよ、と言ったものであるが、本当に応援を実践してくれているのか。

〈うわーっ、なんたることぞ。私の気持ちが今、N元総理の間近に迫りつつある状態ではないか？　どうしよう〉

困惑と片や嬉しさで部屋中を歩き廻る私を見て、夫は、どうだ……と言わんばかりに腕組みをし、面白がって私を眺めていた。

〈おかしく、奇妙な夫婦……〉

ともう一人の私が苦笑いしていた。

それから三日後、ポストに印刷物のハガキが届いた。

衆議院会館内のN事務所からのもので、書類や書籍などの送り物に対するお礼状らしく、空白の部分に、キャディ・ナンバー・112とペン書きがあり、要するに確かに受け取りましたというお礼状であった。

夫が、M君は本を渡した当日にすぐ届けてくれたんだな……と恐れ入りつつ感動していた。

奇跡が……議員会館の事務所からのハガキを受け取った三日後に、私に奇跡が起こった。

ポストから取り出した一枚の絵ハガキ。差出人の名前を見て、目玉が飛び出した。体が硬直した。そして茫然と佇《たたず》む私は、北欧の空に煌《きら》めくオーロラの光景の中に包まれたような驚愕と陶酔感に浸っていた。

我に返った私は、嬉しさと喜びで女心が爆発した。N元総理からの直筆のお手紙であった。

絵ハガキを胸に屋内へ駆け込んだ私の慌ただしさに、寝そべっていた愛犬のゴン太が跳ね起きた。そのゴン太の鼻先に絵ハガキを見せて私は叫んでいた。

「ゴンちゃん、お手紙がきたの！　お母さんにお手紙がきたのよ……お手紙が」

ヤッター！　と絵ハガキを両手に頭上に翳《かざ》し部屋中グルグルと駆け回る私の前後に、ゴン太も一緒になって飛び跳ねながら走り廻って、私とともに喜びを分かち合ってくれた。

もう一人の私が、苦笑いしながら呟いた。

〈まったくもう、この嬉しさの表現はまるで幼稚園の園児だ。でもまあ、想いがかなったのだから実直な表現か。よかった、よかった〉

一日惚れをして恋心を抱いたあの日から十三年。今私の手には、彼直筆の絵と文の書かれた絵ハガキが実存しているのである。これを奇跡と言わずしてなんと言おう。私の人生にとって、忘れられない夏の終わりの、ある一日の出来事であったのである。

絵ハガキを目にした夫は、さぞ忙しい人であろうに、心配りのできる心優しい人物なのだな……と彼を評価した。

いただいたお手紙。（ハガキ、宛名の下半分に）

残暑、お見舞申し上げます。
キャディ・ナンバー・112
ありがたく拝読
小生、汗顔の至りです。
然しよく就職され、又
本を書かれました。
御自愛を祈ります。

敬白

ハガキ裏側には、箱根の秋、と題して、箱根の山と湖が描かれたご自分の作品が謄写され、美しい絵ハガキとして完成されていた。これは、私が本に託して書いたラブレターへのN元総理からの返書であった。

さて、たいへん。いただいたお手紙にはお礼状を出さねばならぬ、どうしよう。

もう一人の私に相談してみた。

〈ねえ、お礼状出さなければいけないのよね。なんて書こうかな。N元総理様もおかしいし、N代議士様では堅く感じるし、お名前ではなんだか失礼なような気もするし、もう出だしから迷ってしまう。困った〉

〈あなたの出したご本を読んでくださってお手紙くださったのだから、当然お礼状出さなくてはね。なにも難しく感じることはないね。普段、知人や友人に書いているようなつもりで書けば……N元総理とか、代議士さんでなく、先生でどうかな、N先生がいいと思うよ〉

〈なるほど、そうだね。N先生にしよう。なにしろ、小生汗顔の至りです、なんていただいたものだから……こちらは硬直の至りです……だもの。思うように頭脳も回らないほどに緊張してしまって、なにをどう書いたらいいか分からない〉

迷いながらも、とにかくお礼状を書くことにした。

N先生
このたびは思いもかけないお言葉を頂戴いたしまして、私舞い上がっております。

私の憧れの夢は、北欧の空に煌《きら》めくオーロラを見てみたい……ということでした。

そのオーロラが突然我が家のポストの中から現れたのです。

オーロラは大空に向かって一気に駆け昇り広がって、きらびやかな色彩を放ちつつ、光り輝きひらひらと波打って私の頭上を覆い、陶酔の世界に私を誘《いざな》ってくれたのです。

北欧まで足を運ばずして、私は夢のオーロラを目にできたのです。ありがとうございます。

すごい感動でした。

箱根の秋の絵は、日本画ですよね。素晴らしいです。私も自分の絵で絵ハガキを作ってみたいと思います。

これから日本画のお勉強をします。

お忙しくていらっしゃるN先生に、私のような者のために貴重なお時間を拝借し、お手をお煩わせいただきましたこと、真に申しわけなく恐縮に存じますが、私にとりましてこの絵ハガキは一生の宝物です。

これから毎日眺め楽しませていただきます。

本当にありがとうございました。

N先生、どうぞ御身ご自愛くださいまして日本の国の平和のために、国の未来のためにますますご活躍くださいますよう、祈念いたしております。

かしこ

私はいただいた絵ハガキをベッドの枕許に飾り、毎日楽しみに眺めつつ、明るく楽しい日々を過ごすこととなった。

これ以上のことは望むべくもあらず、神奈川県の片隅にN元総理に恋した女がいるのですよ、ということが分かっていただけただけで、充分な満足感に浸った。私の望みはかなったのである。願望成就! ヤッターである。

足腰が弱りほとんど寝たきり状態になった父を相手に冗談を言い合いながら、介護に専念の日々が続いた。

こうしたなか、だいぶ前から夫の空咳が気になっていた。食欲もありときどきゴルフにも行き、愛犬の散歩も楽しそうに行くので無理強いはしなかったが、一度お医者さんに診ていただいたらと、勧めてみてはいた。しかし一向に行く気配は見られず、時は過ぎていた。

二人して受けた老人の健康診断で、夫は精密検査を要すると指摘された。否応なくさっそく病院に連れて行き、受けた検査の結果に私は奈落の底へと突き落とされた。

病名……肺がん。

医者の診断では、病巣の場所が手術しやすい場所であることと、がんが初期であるので、あまり心配することなくなるべく早く手術を受けるように、ということであった。

手術日はすぐに決められた。

私は落ち込んだが、当の本人は場所がよい所だそうだし初期のがんだからなんてことはない、と言って平然としているように見えた。でも内心はきっと恐怖を感じているのでは……と想像しただけで、私は涙が出そうになった。しかし夫の前では明るく振る舞うよう努力した。

手術当日、寝たきりの父をどうしようと迷い、老人施設にでもお願いしてみようと思っていた矢先、夫の手術を知ったお隣の親しくしている奥さんが、

「おじいちゃんは私が一日見ているから、心配なく安心して病院に行ってください」

と言ってくださり、私は嬉しくこのお言葉に甘えることにした。

親切で優しい方がお隣であったことに心から感謝し、両手を合わせてお礼を申し述べた。

当日は娘も横浜から来てくれて心強かった。手術は思ったより早い時間で終わり、先生から、病巣はタバコによる以外のなにものでもなかった……と説明を受け、ヘビー・スモーカーであった夫の室内に漂うタバコの煙を思い出していた。

術後の経過は順調で、夫は日に日に元気を取り戻し、回復の兆し顕著であった。

しかし悪いことは重なるもので、夫の退院が間近に迫った頃父が高熱を出し、なかなか下がる気配がなく、とうとう救急車のお世話になり、入院となった。

おまけに、夫を自分の親だと思い込んでいる犬のゴン太が、夫の姿が見えなくなったことへのショックからか、すっかり落ち込んでだんだん食欲がなくなり、動物病院への入院となった。犬でも人間と同じ感情を有するものであることに心を痛めた。

なんということか……私は毎日三ヵ所の病院を巡り、一日の時間のほとんどをこれに費

やされてしまっていた。

結構疲れる。疲れのうえに心配がプラスしていささか閉口、気力と体力で頑張るしかないのだが、少々弱気になっている自分がいた。ただひとつ励まされたのは、自分の部屋に戻り飾ってあるN元総理の箱根の山が目に入ったとき、小さなハガキに描かれた山の風景が部屋一面に広がって、爽やかな空気に心が癒されるような不思議な気がしたものである。

おかげでまた次の日は病院廻りに精が出た。

こうして、夫は無事退院の日を迎えた。

庭の白梅がちらほら咲き始めた頃、父は入院一ヵ月で家に帰ることなく人生の花を散らせて、母の元へと旅立ってしまった。病名肺炎、父九十八歳の別れであった。母の死から二年半後のことであった。

いずれは父母と決別のときが必ず訪れるということは、心得て覚悟していたはずであった。ところが父母の死は私の心に思わぬ衝撃を与え、心の動揺は理解しがたいものであった。

私は自分が親の面倒をみていて、父母は私を頼りに生きているものと思い込んでいたが、いざ両親が亡くなってみると、私は自分がどれほどに親を頼りに生きていたのか、もたれかかれる大木がなくなったようで、淋しく悲しい気持ちにさせられた。

しかしその反面、自分なりに最後まで両親をしっかり看取ったという安堵感とともに、なんだか大きな仕事をなし終えたときのような達成感もあった。父母にとっての老後が日本一幸せな老後であったかどうかは本人たちに訊いてみなければ分からないが、私なりにそれは成就できたものと自負している。


老人介護がたいへんであることは事実である。

体力と精神力を持ち合わせなければ務まらないと思う。

そして、介護される老人が人生最後の日常を幸せに過ごせるか不幸になるかは、介護する者の心ひとつで決まると言っても過言ではないと思う。

身動きができなくなった老人は、優しく笑顔で接してもらえれば最高の幸せであり、むげに、邪慳《じゃけん》に扱われれば不幸のどん底となる。一人の老人を幸せにするか不幸にするかを握る介護者は、たいへんだと思うが、できれば一人でも多くの老人を幸せに送り出してあげてほしいものである。

介護者自身もいずれ必ず老人になるのであるから。

第五章　奇跡と失意と

二度目の奇跡

夫と二人きりになった生活は、術後ということもあり、のんびりと平穏なものであった。夫は人生の全ての勤めを終え、単身赴任生活から我が家へ戻ったとき、老後の相棒にと、柴犬のゴン太を選んだ。

柴犬専門店があると聞き、隣町まで出かけ、お小遣いにプラス大枚《たいまい》の金子《きんす》をはたいて買ってきてゴン太と名付け、まるで子供のように愛し、食事から一切の面倒を自分で行い、当時はドッグ・フードなどなかった時代、ハムを買ってきて刻みご飯に混ぜたり、唯一売っていた犬用缶詰を用いたりと、ゴン太の食事には私の手を一切触れさせなかった。

手術後はゴルフを控えていたが、好きな車でのドライブや町への買物などは以前と変わりなく元の生活に戻っていた。

ゴルフは、ゴルフゲームを手に入れ、テレビの前で私と二人で競い合い、色違いの小さな貯金箱を二つ並べて負けたほうが相手の貯金箱に百円を入れて、一日一回は必ずゲームをして楽しんだ。ときどき訪れる孫たちの相手も楽しみのひとつで、ときにまりちゃんとゴン太をカメラのモデルに起用して喜んでいた。

平凡な日常に健康であることが、これほどに幸せな素晴らしいことであるというのを実感する毎日であった。

そんなとき、またもや奇跡が……私に、二度目の奇跡が訪れた。

N元総理から初めてのおハガキをいただき、奇跡だと舞い上がったあの日から、二年近くの歳月が流れ去っていた。

この日は朝から雨降りで、早めに買物をと車で出かけた私が、雑用もあり時間を要して、午後となり帰宅したときには雨も上がり、うっすらと薄日が差していた。

「ただいま」と言ったが、ゴン太が出迎えないところをみると、夫と散歩に出かけたようである。

リビング・ルームのカウンターの上に、大きな茶封筒が置かれていた。雨にあたったものか宛名書きのインクが滲んでいる。宛名は私へのものだった。裏面の差出人には、N事

郵便はがき

料金受取人払郵便

新宿局承認

2524

差出有効期間
2025年3月
31日まで
（切手不要）

1 6 0-8 7 9 1

141

東京都新宿区新宿1－10－1

(株)文芸社

愛読者カード係 行

お名前《ふりがな》		明治 大正 昭和 平成	年生
ご住所《ふりがな》	□□□-□□□□		性別 男
お電話番号	（書籍ご注文の際に必要です）	ご職業	
E-mail			
ご購読雑誌（複数可）		ご購読新聞	

最近読んでおもしろかった本や今後、とりあげてほしいテーマをお教えください。

ご自分の研究成果や経験、お考え等を出版してみたいというお気持ちはありますか。

ある　　ない　　内容・テーマ（

現在完成した作品をお持ちですか。

ある　　ない　　ジャンル・原稿量（

名				
上 店	都道 府県	市区 郡	書店名	書店
			ご購入日	年　　月　　日

をどこでお知りになりましたか?
書店店頭　2.知人にすすめられて　3.インターネット(サイト名　　　)
DMハガキ　5.広告、記事を見て(新聞、雑誌名　　　)

質問に関連して、ご購入の決め手となったのは?
タイトル　2.著者　3.内容　4.カバーデザイン　5.帯
の他ご自由にお書きください。
(　　　)

についてのご意見、ご感想をお聞かせください。
容について

バー、タイトル、帯について

弊社Webサイトからもご意見、ご感想をお寄せいただけます。

ありがとうございました。
せいただいたご意見、ご感想は新聞広告等で匿名にて使わせていただくことがあります。
様の個人情報は、小社からの連絡のみに使用します。社外に提供することは一切ありません。

籍のご注文は、お近くの書店または、ブックサービス(0120-29-9625)、
ブンネットショッピング(http://7net.omni7.jp/)にお申し込み下さい。

務所とその住所が記された印が押してあった。

ところがなんということか……封書は開封されていたのである。驚いた！　結婚以来、別に話し合ったわけではないが、暗黙の了解でお互いの封書は絶対開封しないことになっていたし、今まで一度だってこういうことはなかった。それに、几帳面な夫は封は必ず鋏《はさみ》でもってしてきれいに開封するのが常である。

ところが、なんと茶封筒に貼られていたらしい粘着テープを無造作に剝がしたものか、封筒は一部破れていた。なんてことだ。少々腹がたった。

しかしそんなことはどうでもよかった。

封書の中から現れたのは、墨痕鮮やかな書で記された俳句と署名のある、N元総理直筆の色紙であったのである。わーっ……凄い！

私は色紙を胸に抱え、一人で部屋中駆け回った。岡本太郎さんではないが、「女心の爆発だあー」であった。

私は飽きることなく色紙を眺め続けた。


色紙の句。

くれてなお
命のかぎり
蟬しぐれ
○○　印

実に見事な色紙、俳句はもちろんのこと、その書の素晴らしさに私は背筋がぴんと伸びた。

色紙の中心に、命の文字が他の文字より肉筆太く一際《ひときわ》大きく浮き出、文字の配分、構成が美しい文字を一層美しく引き立て、文字が生き生きと生きて色紙から飛び出してくような錯覚さえ覚える。

なんという人だろう。先生はやはり並の人とは違う。私の恋心に尊敬の念が加わった。

俳句は、お年を召された先生が政治に対する姿勢を如実に詠まれたもので、先生が頑張っていらっしゃるお姿を見事に表現されたものだと感じ入った。そして、色紙とともに便箋のお手紙が同封されていた。

同封のお手紙。

拝啓
時下御壮健で御活躍の事とおよろこび申し上げます。

扨、突然の御連絡で失礼します。

このところ慌しくしておりましたところ、二、三年程前に戴いた貴著「キャディ・ナンバー・１１２」を拝読致し、改めて御礼申し上げ度く、昨日書を認めました。お受け取り下さいますようお願い申し上げます。

先ずは用件のみにて御免下さい。

扨々

私は、お手紙をなん度もなん度も読み返していた。

ゴン太が散歩から帰ってきて、足をきれいにしているらしく、庭から夫のしゃべっている声が聞こえる。部屋に入ってきた夫は、開口一番、

「今日郵便屋がきて封書が大きすぎてポストへ入れにくく、雨に濡れるからと手渡して行ったよ。N事務所からだったから開けてみた」

とさりげなく言いおいて洗面所へ向かって行った。私が口を挟む余地などなかった。

開封したことにひと文句をと思っていた私は気がそがれ、声を発することはなかったが、内心には不満が燻《くすぶ》っていた。

私の気配を察したもう一人の私が囁いた。

〈文句言わなくてよかったよ。文句言ったら駄目だよ。女房に男性から封書が届けば興味もつのは当たり前、覗いてみたくなるよ。あなただって、夫に女性から封書が届けばきっと覗きたいと思うよ〉

〈いや、私は絶対開封などしない。開封したことはけしからん。許しがたい〉

〈ねえ、ねえ、もしかして夫は焼餅だったのかもしれないよ。嫉妬が開封した。焼餅だ。ハハハハッ〉

〈えっ！　夫が焼餅……そんなこと。相手はN元総理大臣だよ。そんなわけがない。でも、もしそうだったとしたら私すごく嬉しいよ。この年になって夫に嫉妬心があるなんて思ったら最高に幸せだよね〉

〈うーん、そうだね。そうだ、ましてや夫はあなたの恋のキューピッド、彼は夫公認の恋人だものね、キューピッドとして刺した恋の矢の途中経過を見守らなければならない責任もある。だとしたら開封もやむをえないのだ……ということだね〉

〈そうだよね。あなた、いいこと言うわねえ。開封も気にならなくなったわ。腹立ちも治まってきたよ〉

〈それにしても先生、またあなたの本を出して読んでくださったのね、よかったね。お礼に色紙に俳句だなんて……なんとロマンチック……〉

〈そうでしょう、胸キュンだよね。そして私がね、なによりももっと嬉しかったのはね、二年もの間、私の住所、保管していてくださったということよ。もう嬉しくって、嬉しくって胸の中、熱くなって爆発しちゃいそう〉

〈あららら、どうしましょうね。さっそく先生にお礼のお手紙差し上げましょう〉

私はお礼のお手紙を書いた。

N先生
お久し振りでございます。

お元気でご活躍のご様子、新聞、テレビなどでときどきお目にかかりつつ拝見させていただいております。

このたびは本当に思いもかけないご立派な色紙を頂戴いたしまして、現実かと信じられなく頰や手を抓《つね》って確認をいたしました次第です。

背筋を伸ばして拝見いたさねばならぬほどの書に加え、先生の現在のお心が全て表現され尽くされたお見事な句、ただただ感動させていただきました。

今の私のこの嬉しさ、表現の言葉がございません、あえて表現させていただきますならば……

現《うつ》し身《み》を
焦《こ》がして止《や》まぬ
蟬しぐれ

（私の蟬しぐれは、先生の色紙のことです）

本当にお心のこもったすてきな贈り物をありがとうございました。

また、私の宝物がひとつ増えました。

どうぞ御身ご自愛くださいますように。

先生のご健康、心よりお祈り申し上げております。
まずはとりあえず御礼申し上げます。

かしこ

私は嬉しくて嬉しくて、このことを誰かに話したい、聞いてもらいたい衝動にかられた。しかし先生のご迷惑になるようなことは絶対に慎まねばならぬ。口外してはならぬと自分に言い聞かせ、私の胸に秘めて、口にファスナーを取り付けた。

知っているのは、夫と娘とゴン太だけ。それからの私は、絵ハガキを眺め、色紙を眺め、毎日がなぜか楽しく、夫とゴン太とともに笑いの幸せな日々が続いた。

夫の余命宣告

夫が、手術を終えてより一年ほど過ぎた頃から腰痛に悩まされるようになった。

私も父の介護を終えてより腰痛が持病のようになっていたので、お互い年をとったのだと二人の腰痛は年齢のせいと慰めあって、近所の整形医院に通院治療でお世話になっていた。しかし気休めのような感じで、完治することはなかった。

少し違っていたのは、私の腰痛は同じ状態で続いていたのだが、夫の腰痛は日増しに痛みが増していくように感じられた。そして、我が家に最悪の事態が差し迫っていようなどとは知る由もなかった。

通院しつつこの年の暮れは残り数日となっていた。暮れの病院は休診となるためその前に市民病院へと勧めたのだが無視され、夫は痛みを抱えながらの年越しとなった。

大晦日に、私は用意した年越しそばを夫の寝室に運んだ。そして向かい合って座ったとき、いつもと違う改まった夫の姿を見た。

「俺、年明け四日に病院に行くよ。お前には親爺、お袋の面倒を全てみてもらい、単身赴任ばかりで子供や家のことはみんなお前にまかせっきり、本当にすまなかった。お礼を言うよ、ありがとう……な」

夫は頭を下げた。

私はぽかんとして、もしかしたら口が開いていたかもしれない。今までお礼など一度も言われたことはない。この空気はなんだ。私は我に返りこの場にいたたまれなくなった。

「あら、そんなこと……」

と言ったまま、あとはうやむやになんと言ったか覚えていない。

「お茶を持ってくるの忘れたわ……」

と言いながら台所へと向かいつつ、無言の涙があとからあとへと頬を伝って溢れ出て止まらなかった。後悔。夫の言葉が終わったとき、なぜきちんと向き合い正座して言ってあげなかったのか。

「どういたしまして……私は当たり前のことをしただけです。私のほうこそ、ありがとう」

と、きちんとあいさつを返すべきであった。そうできなかったことが、私の人生の中の後悔のひとつとなっている。

年明け四日に病院に行くと言い出したのには、きっとかなりの激痛を感じ、自分の体調に異変を感じとっていたのだろうと思う。決して人に弱みを見せることのない意地っ張りな夫が、かわいそうでならなかった。

正月四日、開院朝一番にと、車に乗せて病院へと向かった。

診察の結果、即入院と告げられ直ちに病室へと案内されたときには、なにがなんだかわけが分からずただどぎまぎ、おろおろしていた。

夫はと見れば、病院へ来たことに安堵したものか、痛み止めの注射でも打っていただいたものか、看護師さんにジョークなど飛ばしつつ、平然とむしろ楽しそうにさえ見える。

私は看護師さんから、夫に知れぬようそっと耳打ちされた。

「先生からお話があるそうです」

先生の口から発せられた言葉は、私には信じがたいものであった。

「余命、三ヵ月です」

がんの再発であった。しかもあちこちへと転移があり、打つ手なしとのこと……。一瞬目の前が真っ暗になり、奈落の底へ突き落とされた。

「大丈夫ですか？」

と言う看護師さんの声と両手で体を支えられたことで、はっと我に返った。いけない、私が倒れてどうする。しっかり受けとめなければだめだ。

「大丈夫です、すみませんでした」

と言って椅子に座り直した。信じられない。

この病状を夫に伝えるべきかどうかで先生とのお話し合いがあった。

あと半年や一年とかあるならば、伝えて身辺整理とか、心構えとかしたいだろうと思うが、三ヵ月では……と考えると、そのまま病名を知らせず、強度の腰痛ということであれば、死に直面する恐怖と戦うこともなく旅立てるのではないかという考えもあり、本人に対するがんの告知は控えてほしい旨、先生にお願いした。

いろいろと入院手続きをすませ、家に帰って下着など必要な物を取り揃え、病院に持って行ったり、ただ無我夢中で動き廻って、夫を病室に残して家に帰って落ち着いたときには夜になっていた。

怪訝《けげん》な顔で出迎えてくれたゴン太を見たとき、急に涙がどっと溢れ出た。ゴン太をしっかりと抱き、お父さんがね、と言ったきりあとの言葉が出てこなかった。夫の前でニコニコと笑顔を作っていたぶん、出る涙は倍増していた。

まず息子と娘に知らせなければ……気が重い。苦痛である。気力を振り絞り電話のダイヤルに手を当てた。

東京に住む息子は留守であり、横浜の娘にはすぐ通じた。腰痛で今日病院に行くと知っていた娘は、

「お父さんどうだった？」

といきなり訊いてきた。父入院、余命三ヵ月と聞いた娘は、

「えっ！　うっそ……」

と答えたきり後の会話は途絶え、間をおいて、

「明日行くから……」

と声がして、電話は途切れた。受話器を持ったまま茫然と立ち尽くしているであろう娘の姿が見えた。

遅い時間になって息子との電話が通じた。

「お父さん腰が痛いと言っていたでしょう。今日病院に行ってそのまま入院になったの。びっくりしないで聞いてね……余命三ヵ月と言われたのよ」

涙声になった私の言葉に、しっかりとした息子の言葉が聞こえてきた。

「三ヵ月？　うーん、三ヵ月ね。おふくろよく聞いて、おやじは三ヵ月もたないよ。二月十日に死ぬよ……」

私の言葉が終わるか終わらぬうちに即断言した息子の二月十日に、私の頭の中は恐怖と疑惑が渦巻き、体中の血が旋回し足許がぐらぐらと揺らいだ。

「なに言ってるのう。二月十日はあなたの誕生日でしょう。おかしなことを言わないでよ。とにかく先生は余命三ヵ月と診断されたのだから、できるだけ逢うように帰ってきてね。お父さんには病名伝えず単なる腰痛と言ってあるので、あまり帰ってこない息子が頻繁《ひんぱん》

に来ると不思議に思うといけないので、湘南で仕事があるとかなんとか言いわけを考えてきてね」

「分かったよ」

と言った息子の声を聞き、受話器を置いた。

息子に二月十日と断言され、なぜ私の頭の中で恐怖と疑惑が渦巻いたのか……それには理由があったのである。

息子は三歳の頃から思わぬ言葉を口にし、予知能力のようなものがあり、たびたび周りを驚かせていた。

特に強く印象に残っている例をあげると、四歳の頃小田急線に乗ったときのこと、息子の隣に立派なスーツ姿の紳士が腰かけていらっしゃった。息子はその紳士をじっと見上げて目を見つめながら、顔を指差し言葉を発した。

「おじちゃん、オモチャみたいだね」

と。比較的空いていた車内に声が響き、周りからクスクスと笑い声なども聞こえ、私は慌てふためき、

「すみません、息子がおかしな失礼なことを申し上げまして……」

と頭を下げて謝った。息子はと見れば、素知らぬ顔、両足をピンピン跳ねて座っている。紳士の顔がなんだか強張《こわば》ったようで、スーツの内ポケットに手を差し入れ、なにやら取り出す仕草に私は緊張した。おもむろに取り出されたのは名刺で、それを私に差し出されつつ紳士はこうおっしゃったのである。

「私は小田原にあるおもちゃ屋の社長です。この坊やはどういうお子さんでしょう」

名刺の肩書には玩具店、社長と記されていた。

このような逸話はたびたびあり、義妹などは息子に占いを願いにきたりしたものである。義妹の夫が医者で、病院を建てるというとき、義妹は息子に確認にきた。

「ねえ僕、叔父ちゃんが病院建てるので今、川崎に土地を買うのだけど、この場所どう思う？」

小学生の甥っ子相手に叔母ちゃんは真剣な表情で相談していた。訊かれた息子は広げた地図の図面を見ながら、真面目な顔をして答えていた。

「あっ、ここね、いいんじゃない、いいよ」

その土地に、叔父ちゃんは病院を建て開業した。その後なん十年、叔母ちゃんは年老いて亡くなったが、叔父ちゃんは九十四歳、いまだに現役医師でその土地で頑張っている。

祖母である私の母親が、この児は滝に打たせて修行をさせてみたい……と真面目に言うのを私たちは笑いながら聞いたものである。

息子の電話が切れると、遅い時間ではあったが、私は波打つ胸を抑えつつ娘に電話した。

「遅い時間にごめんね。東京に電話したらお父さん、二月十日に死ぬって言うの。そんなことありえないわよね」

「えっ」

と娘は言って、一瞬空白の時間があった。娘も息子のことはよく知っている。一瞬、たじろいだのだと思う。

「二月十日は自分の誕生日でしょう。お父さんの余命なんて聞かされて気が動転したのよ。本当におかしなことを言う子ね。先生から三ヵ月って言われたのでしょう。とにかく明日私は病院へ行くから……」

と娘の電話は切れた。

そう言えば、今日私は朝食を夫と一緒にとったきり一日中なにも食べていない。飲んでいない。お腹の中は空っぽだと思うが、食欲はない。ゴン太に遅くなった食事を与えつつ、お父さんがいなくなることを話して聞かせた。

夫は入院してから痛みを少し和らげていただいたものの、元気で点滴棒を引っ張りながら廊下を歩いたり、窓から遠くに見える富士を眺めたり、お見舞いに来てくださった方々と談笑したり、この人が本当に三ヵ月後に姿を消してしまうのだろうかと、とても信じられなかった。

息子も娘もなんやかやと理由付けをしては、頻繁に病室を訪れてくれていた。

夫はこの年の秋、叙勲受章の予定で皇居へ行くことになっていた。日がたつにつれ足腰が弱ってきているようで、夫は先生に話していた。

「先生、この状態では痛みはとれても足が立たず、秋の叙勲には出席できないかもしれませんね」

夫の言った言葉に先生はこう答えてくださった。

「もし足が立たなくなったとしても、今は車椅子というものもありますから、車椅子で出席はできますよ。頑張って治療しましょう。皇居へ行くためにもですね」

私はいたたまれなくなり、部屋をそっと抜け出し廊下に出た。窓外の風景は涙で霞んでなにも見えなかった。

徐々にベッドにいる時間が長くなり、ときどき痛みも出てくるようになって、私は先生に必死で懇願した。

「先生、どうぞ痛みで苦しむことだけはさせないでください。どうせ亡くなる命ならば、せめて楽に苦しむことなく逝かせてやってください」

ある日の夫との会話の途中、夫は、

「俺は俺の人生に悔いなしだな」

と洩らした。病気のことについては一言も触れない夫だが、自分の体調からして疑心暗鬼ながら自分の寿命を察しているのではないかと感じた。

「自分の人生に悔いがないなんて、最高に幸せな人だね。私なんか悔いだらけだけど……」

私はつとめて明るく笑顔で相槌を打ちつつ、心の中は涙と笑顔が葛藤していた。

夫の旅立ち

なんと二月九日、夫の容体が急変した。

息子と娘に至急帰るようにと連絡、私の緊迫した電話の対応に息子は、

「落ち着いて、おやじ今日は大丈夫だから、明日だから……でも今からすぐ帰るよ」

明日は二月十日である。なんということであろうか、息子はもうすっかり決めている。でも私はまだ三ヵ月まではと思っていた。

九日の夜は息子と娘が夫の病室でベッドをともにし、私は家に帰った。

「おふくろは葬式とかでたいへんになるから、今夜は家に帰ってゆっくり寝たほうがよい」

と言う息子の指示であった。

息子は本当に明日十日、父親が亡くなるものと決めている。私はまだ半信半疑ながら息子の指示に従い帰宅したが、充分眠りにつけず、ゴン太の横でうとうとと夜を明かした。

朝早く起き出し、息子と娘の弁当を作り病院に向かった。弁当を朝食とした息子は、

「俺は今日どうしても手の離せない仕事があるのでこれから東京に帰る。おやじがもし危篤になっても俺には電話しなくてよい。亡くなった時点で知らせてくれればいいから……おやじとは夕べゆっくり別れをしたから……」

と言い置いて東京へ行ってしまった。

父親の余命を知らせたときから一度も動揺することなく、むしろ冷淡に振る舞うようにさえ見える息子に、私はなんて冷たい子なんだろうと思う一方で、なぜかとても頼りがいのあるしっかりした息子だと思えたのはどうしてだろう、と不思議に思えた。

二月十日、夫が入院してからまだ一ヵ月と七日である。余命三ヵ月まではまだ間がある、きっと症状は持ち直すと、私はまだ今日の日に夫が逝くなどと信じてはいなかった。ところが、昼過ぎ頃から先生や看護師さんたちの病室への出入りが頻繁となり、私もやっとこれはただごとではないと気づいた。夫の意識は朦朧として、ときどき荒い息遣いがあるが悶え苦しむようなことはなく、それが私の唯一の救いであった。

午後二時過ぎ、枕許の心電計に動く緑のギザギザの線が一直線となり、警告音とともに緑の線がゼロとなった。その瞬間、リーンリーンと室内にある電話のベルが鳴り響いた。なに？　誰？　今頃？　こんなときに。先生をはじめベッド周りで見守っていた皆が、一斉に電話機を目に、硬直した。

夫の臨終を見つめていた目が、耳に聞こえるほどに高鳴っていた心臓の鼓動が、体中の強張《こわば》りが、全てひとつの塊となって攪拌《かくはん》され、電話のベルに吸い込まれたような状態で戸惑いと困惑に打ちひしがれた。

素早く受話器をとった娘が、無言で受話器を私の手によこした。

「おやじは？……」

息子だ！　私はなにも訊かず泣き叫んでいた。

「今、たった今、お父さん逝っちゃったの。今、今なのよ、本当に今……今なの、どうして？　……」

「やっぱりな……すぐ帰る……」

やっぱりな、とは、息子には分かっていたのだろうか？　私は全身鳥肌が立っていた。

「息子からです。すみませんでした」

先生に向かって私は深く頭を下げていた。

先生と二人の看護師さん、私と娘、そして朝から来てくれていた息子の彼女、六人は電話のベルと同時に微動だにしない人形のような状態となり、病室は一瞬空気が凝固していた。ほんの数十秒くらいだったたと思う。

「十四時、二十分、ご臨終です」

病室に先生の重々しい声が響き、室内に騒音な空気が蘇生した。

二月十日、息子の予言は見事に的中し、息子の誕生日と夫の命日は同じ日となってしまった。しかも、父親の臨終時に電話をよこしたこの偶然の一致……。

このときのことを思うと、私は今でも体中に鳥肌が立ち息苦しくなる。

遺体は葬儀屋さんの手を借り、その日のうちに我が家へ帰り、仏間に敷かれた布団の上に安置された。

　そうだ、ゴン太にお別れをさせなくては……抱きかかえてきたゴン太を、夫の足許にそっと下ろした。

　異様な雰囲気を感じたのか、一瞬たじろいだゴン太はやがて布団の周りを一周し、お父さんの顔に鼻を近づけ緊張したかに見えたが、次の瞬間布団の上にあがり舌を出しお父さんの顔をペロペロと舐め始めた。物静かに心を込めて丁寧に、額から目、鼻、頰、口、顎と一回では終わらずなん度もなん度もくり返し舐め、お父さんの顔はベタベタ、ドロドロ糊を塗られたようにぬるぬるとなってしまっていた。

「ゴンちゃん、もうやめなさい、もういいでしょう」

と引き離そうとすると、足を踏んばり頑として動じない。

　葬儀屋さんをはじめ、お手伝いに来てくださっていたご近所の方々も、皆周りに集まってこのゴン太の姿に涙を流した。

　人間以上に感情移入の起伏の激しさが垣間見え、私はゴン太が動物の犬であることを忘れていた。ゴン太は本当にお父さんが大好きだったのね。この瞬間から、ゴン太はまた絶食状態となり動物病院のお世話になった。

葬儀には、北は北海道から南は九州、四国から親しい人々が、そして元R庁長官のAさん、同じく庁官のTさん、歌謡界の歌姫Aさん、Jグループの皆さん、ご近所の方々など、多数のご出席をいただき、「我が人生に悔いなし」と豪語して逝った夫にふさわしい葬儀ができたと私は自負している。

夫は皇居への叙勲に列席はできなかったが、後日二月十日付の立派な額縁入りの賞状と勲章が我が家へ届けられた。

わずか四年の間に、慌ただしく両親、夫と三人が姿を消してしまった。我が家にも私の胸の中にも、ぽっかりと大きな穴があいてしまった。

なにをする気力もなく、ただぼーっと過ごす無意味な日常のなか、N元総理にいただいた絵ハガキと色紙を眺めること、ゴン太と戯れることが唯一の慰めとなっていた。

夫が亡くなり一ヵ月が過ぎても、ますます気力が萎え失せてこれではいけない、自分の余命がどれほどあるものか定かではないが、せっかくこうして生きているのであるから有意義に過ごさなければもったいない。これから自分一人の新しい人生の始まりと割り切り、明るく楽しく生きるをモットーに頑張ってみよう。そうだ。私にはN元総理という心の恋人もいるではないか。自分自身を鼓舞し張り切ることにした。

父親が亡くなった時点で時間の余裕ができ、日本画の教室に通い始め楽しんでいたが、夫の入院、死亡でお休み続きだった。そうだ、気分転換にドライブを兼ねて江の島の海へ写生にでも行ってみよう、と思いたった。

スケッチブックを携えて車を走らせた。

三月の風はまだ冷たく窓を開けることはできないが、気分だけは颯爽とハンドルを握っていた。

真夏には白い砂浜が一面色とりどりのパラソルや水着で埋めつくされ、ボナールの絵画「陽の当たるテラス」を彷彿《ほうふつ》とさせるような光景を醸し出すここ湘南の海岸も、今は人影もなく蕭条《しょうじょう》として、三月という啓蟄《けいちつ》の時期であるにもかかわらず、波風は冷たさを肌にまとわせてくる。

思わずカーディガンの両前を打ち合わせた私は、夫、両親が旅立った人生最後のこの地、藤沢にある江の島の灯台を見上げつつ、砂浜に一人悄然と立ち尽くしていた。

本当に家に一人ぼっちとなってしまった自分、身内の死という耐えがたい現実に直面していろいろな思いが交錯し戸惑っていた。

「生者必滅《しょうじゃひつめつ》、会者定離《えしゃじょうり》」

自然の摂理《せつり》であるとは心得ていたはずではあるが、最も身近な者たちの死に直面して、この心の動揺は理解しがたいものであった。

いずれ自分自身にも必ず訪れるであろう死について、これまで考えたこともなかったし、考えること自体、思いつきもしなかった。人間全てに必ず訪れる死……。

足許に飽きることなく寄せては返す白波の波頭が、私の死へのカウントダウンを繰り返しているようで、気分は最高に滅入り、なぜか苛立っていた。

夫と両親は、妻や娘の私に「死」という言葉の微妙な遺産を与えていったようである。せっかく気晴らしのつもりでやってきた海は、とんでもない。写生どころではない、「死」という言葉を与えられたようなものとなった。

スケッチブックを開くこともなく、白紙のままにハンドルを握っていた。行きの颯爽とした気分とは裏腹に、鉛のような重りが気分を滅入らせ、しょぼくれた私になっていた。

落ち込んだ私を気遣ってか、息子が真っ黒い小さなチワワの小犬を買って持ってきた。

家にはゴン太がいるので二匹も飼うのは……と私はためらったが、ゴン太もお父さんがいなくなり淋しいだろうし、と置いていった。

飼うつもりはなかったのだが、この黒い塊《かたまり》のような小犬は実に賢く可愛くて手放すことはできなくなり、我が家の家族となった。

後に私と二人でテレビの「きょうのわんこ」という番組に、食後の食器のお片付けをする犬として出演したり、肥満犬の減量作戦に参加し、好成果をあげたと表彰されたり、ゴン太とともに犬の薬品会社の広告で雑誌やミニコミ紙などに写真掲載されたりと、私を癒してくれたものである。

しばらく休んでいた絵の教室へ行くことにした。目的としている自分の絵ハガキを作らねばならない。そしてN元総理に見ていただきたい。

今までの生活と違って、相手は二匹になった犬だけ、時間はあり余るほどにある。絵は描き放題だ、頑張ろう。そしてN元総理に見ていただこう。

第六章　恋よいつまでも

ハワイでの初夢

夫が亡くなってから初めてのお正月が近づいた。息子から、一人での新年は淋しいだろうからハワイへでも行かないか……との打診があった。娘に相談して、息子からのせっかくの誘いであるからその言葉に甘えることにした。

今までにも海外旅行をする友人たちからの誘いもあり行く機会はあったのだが、ずっと老人を抱えていたこともあり、一度も行ったことはなかった。

まずパスポートをとらねばならぬ。八日間の日程なので二匹の犬を預けるための予約も必要。少し大きめのスーツケースも用意せねば。俄然忙しくなり、久し振りに晴れやかな気分になって張り切った。

初めてのハワイでの滞在はたいへん楽しく、見るもの、聞くもの、食するもの全てが新鮮で、いつもテレビで見ているあの場所に、今自分が立っていると思うだけで心が揺さぶられるほどに感慨深いものであった。

ハワイの夜に見た新年の初夢、これがまた途方もなく意外なもので、しかも記憶のなかにしっかりとインプットされていたのには驚かされた。

雲ひとつない真っ青な大空を悠々と飛び交う鷹が二羽。気持ちよさそうに飛んでいると思った瞬間、急降下してきた鷹の姿がぱっと消えて、そこにはなんとN元総理とご子息のHさんが立っていた。親子鷹だ。そう思った瞬間その二人のお姿は消え、先ほど舞い下りた二羽の鷹が勢いよく飛び立って行った。

どこかで見たことのある尖り屋根《とんが》の上の大空を旋回する二羽の親子鷹に、どこからか絶大な拍手が聞こえてきて目が覚めた。そこはハワイのホテルのベッドの上だった。

鷹の初夢、なんと縁起の良いことか。一富士、二鷹、三なすび、と言う。なんだか浮き浮き嬉しくなって、さっそく息子に話して聞かせた。

鷹にプラスN先生とご子息のお姿まで、夢でもN先生にお会いできたことが……夢のようで……嬉しかった。

えっ？　……夢を夢みたのか……分からなくなった。ご子息のHさんは参議院議員さんである。親子お二人で政界でのご活躍に、きっと今年は良いことがおありになるに違いない。

こんな夢、N先生にお話ししたいものだと思った。

ハワイでの優雅な気分の滞在もあっという間に終わり、無事我が家に帰宅、尻尾がちぎれんばかりに喜ぶ二匹の犬を迎えて現実の生活に戻った。

これはこれでまたなんとなく落ち着き、地に足が着いたといった気分でほっとしたことも事実である。

絵の教室へ通っただけの成果はわずかずつだが現れてきたようで、自分でも少し納得できるような絵を描くことができるような気分になってきた。そろそろ絵ハガキを作ってみよう。

娘に相談。娘がさっそくカメラ持参でやって来てくれた。完成している絵を並べ、次々とシャッターを切り持ち帰った。

数日後、私の描いた絵入りのハガキが完成。娘が届けてくれた。

「お母さん、思ったより良くできたよね。すごいじゃん……」

娘に褒められて気分を良くした。

N先生が初めて絵ハガキを送ってくださったとき、感動して〈よっし！　私もこのような絵ハガキを作るぞ〉と気合いをいれた日から、三年が経過していた。あのとき、先生にお約束した。私もこのような絵ハガキを作るためこれから日本画のお勉強をします、と。ついに望みがかなった。ヤッター！　である。

ぜひ先生に見ていただきたいと思った。

しかし、ただ絵ハガキだけをお送りするのはなんとなく気恥ずかしい。鷹の初夢を見て、もう四ヵ月もたっているが、初夢のお話を書いて絵ハガキも一緒にお送りしようと思いたった。

色紙をいただいてお礼状を差し上げて、あれから二年振りのお手紙である。

N先生

お久し振りでございます。

相変わらずのご活躍、お元気そうでなによりと存じます。私先生に見習って自分の絵ハガキを作ってみました。日本画のお教室にも行っています。まだまだ未熟ですがなんとか形になりました。大文字の山が見える京都市街の風景です。お送りさせていただきますのでご笑覧《しょうらん》くださいませ。

そして今頃になってですが、今年の私の初夢のお話を聞いてください。

実はこれを聞いていただきたくペンを執りました。

初夢に真っ青な大空に飛び交う二羽の鷹の夢を見たのです。親子鷹です。

その鷹が舞い下りてきたと同時にパッと姿が消え、そこにはN先生とご子息のH先生が立っていらっしゃいました。

あらっ……と思った瞬間お二人の姿は消え、二羽の鷹が大空へ舞い上がって行きました。

ほんの一瞬の出来事でした。

二羽の鷹は尖り屋根の建物の上を悠々と旋回し始め、同時にどこからともなく拍手が続いているところで目が覚めました。

尖り屋根は国会議事堂だったようです。そして、拍手は国民の皆様から先生方お二人への声援だったのだと思います。

凄い初夢でした。

今年のN先生とご子息様の政界でのご活躍を彷彿とさせられたような嬉しい夢でした。

私にとりましても、初夢が鷹ですからこれほどに縁起の良いことはありません。気分爽快な一年です。

先生、どうぞお元気でこれからも日本のために頑張っていただきたいと思います。

どうぞよろしくお願い申し上げます。

かしこ

お忙しい先生ゆえ、お返事は期待しないことにしていた。

しかし数日後、ポストにはN先生からのお便りが入っていた。期待していなかっただけに、その驚き、嬉しさは倍増。絵ハガキを胸に部屋に駆け込んだ。

「ゴン太ー、クロ坊ー、お返事きたのよ、先生からのお返事が……」

絵ハガキを両手に翳し部屋中駆け廻った。二匹の犬が一緒になって走り廻るので、今までより喜びが一層華やかになった。

先生のおハガキの絵はなんともユーモラスな、それでいて格好いい。枝に留まった梟《ふくろう》の絵であった。その梟は、見開いた目でじっと私を見つめているようで、いつまで見ていても倦《あ》きることなく、ずっと眺めていたい魅力に満ち溢れていた。

先生からのお手紙。

初夢の話は　光栄の至りで
それで　今年の不景気を
追い払って下さること
望みます。
すばらしい絵葉書の画
玄人はだしに感心しました。
敬白

さっそくもう一人の私に報告した。

〈ねえ、N先生、お返事くださったのよ。私の初夢の話、喜んでくださった。そして私の絵、玄人はだしですって……褒めてくださったわ、もう嬉しくて最高！〉

〈玄人はだしだなんて言われて舞い上がってるけどね、社交辞令ってものもあるのよ〉

〈社交辞令でもなんでもよいの、わざわざお手紙くださり褒めていただいたんだから、素直に嬉しい！　それにね、この絵の梟の目、私をじっと見つめてくれているの、先生きっと私を見つめてくださっているのだわ、どうしましょう。見つめられて……〉
〈なになに梟の目が先生の目になっちゃったわけ……全くあなたって人はなんておめでたい人なんだろう。なんでも自分に都合よく解釈してしまう。だから幸せなのよね〉
〈そう、これは私にとっては、秘密のラブレターだからね、先生は私の大好きな恋人なんだから〉

平成十五年十月二十七日。

N元総理、政界引退表明。連続二十回当選、八十五歳。

この年、当時のK総理大臣が、衆議院比例選挙区の定年制を理由に、N元総理への不出馬を迫ったのである。N元総理は、K総理に対して、

「一種の政治テロだ。こんな非礼なことはない」

と怒りをあらわになさったと聞き及んだ。

しかしその後、自民党が公認しないことを決めたことを受け、N元総理は五十六年にわたる議員生活に終止符をうたれた。まだまだお元気で充分なご活躍が可能であり期待され

ていたN元総理にとっては、さぞ心残りで悔しく断腸の思いであったことと推察された。

私は先生のお気持ちをいろいろと思考した末、おこがましくも、労《ねぎら》いと励ましの言葉を差し上げなければと思いたった。


私から先生へのお手紙。

前略
N先生、このたびの政界ご引退の件、真に残念でなりません。

まだまだご活躍されるお力の余裕をお備えの先生に、K総理のお仕打ちには下々の私どもでさえ腹立ちを覚えます。

しかし先生、まだ政界引退ではありません。先生は政界の重鎮であり、政界のドンなのです。

これからは、表舞台ではなく、裏から、縁の下から、先生の持ち得る偉大なるお力を、存分に発揮なさってくださいませ。

政界のドン、頑張れ！　です。

命の限り、蟬しぐれです。

お体にお気をつけられ、まだまだのご活躍を祈念申し上げております。

かしこ

数日後、ポストにはN先生お名前の部厚く白い和紙封筒が入っていた。絵ハガキではない。ずっしりと重い封筒は、私を悠久の昔に誘うものだった。

ウワーッ！　また例のごとく封筒を両手に翳して部屋中を駆け廻る私に倣って、二匹の愛犬もともに駆け廻り喜びを分かち合ってくれた。私の嬉しさ爆発のときである。

封筒から出てきたものはなんと和紙の巻紙で、印刷とはいえ、墨痕鮮やかな毛筆での直筆の文書であった。巻紙の長さは一メートル一〇センチにも及ぶ長さで、白紙にびっしりと美しい書体の文字が淀みなく流れるように記されていた。

なんとも奥ゆかしく、現代ではめったに、いやほとんどといってよいほどにお目にかかることのない巻紙の書に、私は髪をおすべらかしにし、十二単《ひとえ》を身にまとったような優雅な気分に浸り、背筋を伸ばして拝読した。まるで昔の女性が恋文を読んでいるように。

長い文書でここに記すことは控えさせていただくが、ご自身の立候補問題について、皆さんに特別の心配をかけたことへのお礼、そして今まで五十年の間、一貫して憲法や教育基本法の自主的改正に尽くしてきたこの重要案件が、政治日程に上る直前に議員の資格を失ったことへの悔しさなどが記されていた。

先生のお気持ちが痛いほどに汲み取れるこのお手紙に、私は胸が痛んだ。そして巻紙の冒頭にあるほんのわずかの余白に、筆の直筆で次のように書かれていた。

お見舞状ありがとう存じました。

〇〇〇　〇〇

ご丁寧な添書に、これは私が差し上げたお手紙に対するお言葉であると嬉しく感謝した。私はもう一人の自分と巻紙のお手紙について話を楽しんだ。

〈私生まれて初めて巻紙のお手紙いただいたわ〉

〈そうよね。巻紙でお手紙書く人なんてそういないもの、びっくりだよね、よかったね〉

〈巻紙のお手紙読むときってね、髪はおすべらかしにして、十二単をまとっているような気分になって、なんだか別世界にいるような気になるのよ。ねえ、今夜お月様は出ないか

しら〉

〈あら、あら、またとんでもないこと考えているんじゃないよね。まさか十二単を着て髪をおすべらかしにし、月の下で巻紙のお手紙読もうだなんて……やりかねない……〉

〈あら、分かった？　そこまではできないけど似たようなことをしてみたいと思うよ。月見を兼ねて、一献傾けつつ月明かりのもと、先生からいただいた巻紙のお手紙を繰り広げつつ、声に出して読む……。おお、いとしの君よ、今宵のこの月を、そなたとともに眺めたい……〉

〈そんなこと、N先生が書いてなぞいないわよ。まったくばかばかしいったらありゃあしない〉

もう一人の私にすっかりあきれられた。

ところがこの夜、実に見事な月が顔を出した。満月、きっと私のために、と一人合点《がてん》。さっそく南側の広縁に座布団を持ち出し、会席膳に小さな徳利とお猪口《ちょこ》、そして先生からの封書を並べて載せ、月に向かって置いた。

両脇にゴン太とクロ坊を侍《はべ》らせて、侍らせた二匹には好物の雑魚《じゃこ》を与えて……やがて二匹とも横になって眠ってしまうのだが……。

無数に煌《きら》めく夜空の星の直中《ただなか》に煌々《こうこう》と輝く月は、一献の美酒の力も加わって私を俗世間より隔離し、陶酔の世界へと誘ってくれる。

N先生よりのお手紙の巻紙を、さらさらと流れるように開く。仄暗《ほのぐら》い月明かりの中に、白い巻紙の紙擦《かみず》れの音が、雅楽師東儀氏の奏でる笙《しょう》の音色のごとく響く。先生のお手紙はもう何回となく熟読し全て頭の中にインプットされていて、月明かりに浮かぶ墨汁の流れだけで読むことができ、自分でも、自分の詩《うた》を口遊《くちずさ》んでみる。

実のならぬ　恋と知りつつ燃えさかる　心の焔《ほのお》　いかに沈めん

恋慕《こいした》う　君がありての人生を　心ひそかに　我　謳歌《おうか》せり

微酔機嫌《ほろよいきげん》にまかせた詩を詠みつつ、本人は紫式部か清少納言にでもなったかのような気分を味わっているようだ。優雅に、と。

現実に戻った老婆である私は思う。人間って便利なものだ。自分の気持ちひとつで紫式部にも清少納言にもなれるのだから。しかし、別の私が言うように、私って呑気でおめでたい人間だからかもしれない。

N先生は引退なさってからも絶えず後輩である首相方に意見を述べ、指針をご指導されるお姿や、政界に異変があるごとに必ずといっていいほどに意見を求められて、新聞紙面、テレビの画面に現れるお姿は、現職時代となんら変わりなく政界の重鎮であり光り輝いていらっしゃる。

やはりN先生は私の恋する、尊敬する立派なお人なのだと思う。大好きな方です。

文芸出版賞受賞

一人での生活になって、心に空いていた大きな穴も徐々に塞がり、日常の生活も軌道に乗ってきた。

N先生からいただいた絵ハガキ、色紙、封書などが、私の心にどれほどの慰めになったことか、出して眺めればなぜか心が和み癒される。淡いピンク色の真綿にふんわりと包み込まれ、誰にも知られない秘密の世界に没頭する自分が、若き乙女のように愛らしくいる。

ふと我に返れば、そこには七十歳を超えたお婆さんが居座っていて、一人でこのギャップを味わうことがこれまたなんとも楽しい。N先生からいただいた楽しみ方のひとつである。

日中は絵を描いたり、犬と戯れ、散歩をしたり、庭の草取りをしたりとかで時間を費やすが、夜はテレビを見るか本を読むくらいで終わってしまう。なんとなく物足りなく侘しい。一念発起して、夜の時間を有意義にと考えてみた。

今私にできること、どうしても訴えたいこと、それはやはり自分の体験からくる戦争反対論ではないか。書いてみよう。

第二次世界大戦の敗戦国民の悲惨さを書き残せるのは、私の年代の人間が最後だと思う。たまたま敗戦時を北朝鮮で迎えた国民学校五年生だった私は、収容所生活を余儀なくされた。外地で終戦を迎えた日本人のほとんどが体験させられた凄惨な状態を少しでも伝え、二度とこのような惨めな思いをすることのないよう、戦争は絶対してはならないと訴えなければ。

幼い頃の自分に戻り、収容所での生活を紐解きつつ、毎夜毎夜時のたつのも忘れペンを走らせ続けた。

ずっしりと重みの増した原稿用紙に『嵐の三十八度線』と銘打って、東京の文芸社に持ち込んだ。そして出版契約をしていただき、出版の運びとなった。

製本され店頭に並んだ自分の名前の表記された本を見て、自己満足。これが私の人生の集大成、年齢的にみてこれが最後、もう執筆することはないだろうと思った。

本出版後の私は緊張感が失せたせいか、なにをする気力もなく、年相応に体中油切れ、あちこち故障といった情けない状態で、自分自身で意識するほどに体力も気力も萎え衰えていくように思えた。

ところが、人生には思わぬハプニングが忍び寄ってくるときがある。

N元総理にお手紙をいただいたときもそうだった。奇跡としか言いようのないことに舞い上がったものだ。

今回も、私にとっては奇跡が起こった。出版した『嵐の三十八度線』に目を留めてくださったアジア文化社さんより、文芸出版賞という思いもかけない賞をいただいたのである。

寝耳に水のお話で、お知らせいただいたときにはどういうことかと意味さえも理解できなかった。授賞式の日時をお知らせいただいて、やっと実感がわいた。賞をいただくということは本当に嬉しいことである。

さっそく、もう一人の私に報告した。

〈もう本当にびっくりして信じられないのだけれど、今回出版した本ね。文芸出版賞とやらいう賞をくださるんだって……。この年になって賞がいただけるなんて、思いもしなかったわ〉

〈そう、棚からぼた餅みたいだね。いや棚からご褒美《ほうび》だ。よかったね。まだまだ人生捨てたもんじゃない。人生これからだ！　頑張れ〉

〈そうだ、そうだよね。年をとったからと弱音をはいている場合じゃない。なんだか目が覚めたよ。背筋も伸びた。私の人生これからだ〉

今まで萎え衰えたと嘆いていた体が、水を得た魚のようにしゃきっと伸び、若返ったような気分になったのは不思議であった。賞というものは、いかなる名医が処方する薬よりもはるかに効能ある妙薬なのかもしれない。

授賞式の日が訪れた。

こういうときにまず女性として迷うのが、ファッションである。数日前から迷いあぐねたあげく、年齢的にみて、やはり和服にしようと決めた。

和服の正装は夫の現職時代のとき以来で、和簞笥《たんす》から引っ張り出した着物を部屋中に広げ品定め、これは女性にとって楽しいひとときでもある。明るい茶系の付下《つけさ》げを選び張り切った。

当日はびしっと着付けをし、親しい友人が一人同伴してくれることで心強くほっとしながら、東京の会場に向かった。

会場には大勢の方がいらっしゃって、私はなにしろ初めてのことであり、顔見知りの方がいるわけでもなく、かなり緊張した。しかし皆さんの嬉々とした表情と場内の和やかな雰囲気に、日本の一片隅には違いないが、これこそがまさに平和そのものの象徴であり、このような場に居合わせている自分がなんと幸せであることかと感無量であった。

受賞のごあいさつもさせていただき、大きな花束や表彰状などもいただき、何人かの知人も得て、新しい人生が開けたような気分で帰途についた。

電車の中では、和服に大きな花束を抱えた私がなんだか一人浮き出たような状態で気恥ずかしく、しまった！　お金はかかってもタクシーで帰ればよかったと後悔したが、いまさらと居直るしかなかった。ふと顔を上げると、ゆらゆらと揺れる天井の吊り広告に、なんとかなりのスペースを割いて、N元総理の拡大されたお顔が揺れていた。私のこの晴れ姿の日にN元総理にお目にかかれるなんて、偶然にしてもなんだか不思議、神秘的な気がした。嬉しくなった。

隣に座った友人が、吊り広告に気をとられた私に、

「どうしたの、なにか……」

と声をかけてきた。

「N総理……」

と言いかけて、いや、なんでもない、と私は口をつぐんだ。

心ではN先生のことを話したくて、車内の皆にもN先生は私の恋人です……と声に出して聞かせたいという衝動にかられていた。とんでもないこと、一人で秘密として恋心に異様な楽しみを味わっているのだから……。先生と二人だけの秘密だなんて、胸キュンである。この乙女心の存在を人に知られてはならぬ。先生に迷惑になってもならぬ。口チャックである。胸をときめかせながら、電車は藤沢へと近づいていた。

横浜へ転居

横浜に住む娘から提案があった。

自分の住むすぐ近くに瀟洒《しょうしゃ》で手頃な分譲住宅が建築中なので、転居を考えてみてはど

うかという思いもかけない急な話に驚いた。

考えてみれば、私もこれから一人で年を重ねていくだけ。自分が両親のために藤沢と高知を往復しての介護をし、最終的には藤沢へ連れてきたことなどを思うと、こうして少しでも元気な段階で娘の家の近くに転居すること、そして若い者の言うことは聞くが無難という結論に至った。

東京で独身生活を謳歌している息子に相談すると、姉貴がお袋の側にいてくれたら俺も安心と、躊躇することなく賛成を得た。

四十年近く住み慣れた藤沢の家を離れることに抵抗はあったが、潔《いさぎよ》く娘の提案を受け入れることにした。

新築の住宅は間もなく完成の域に達していた。急がなければならない。藤沢の住まいを売却、横浜の新居を購入。

夫の両親、私の両親、そして自分たち、三家族の有していた家財道具の処理、廃棄、新居へ移す物などの整理、運送屋の手配など、考えただけでも身震いするほどの大仕事を一人で全て成しとげた。

不眠不休、目のまわるどころではない。目が一点を見据えたままといったほうがよい。

これらを一ヵ月と少々で。いかにたいへんであったかは、横浜の新居に落ち着いたときの私の体重がそれを物語っていた。

なんと一ヵ月少々で十三キロの減量、額に首に体中に皺が波打っていた。まるまる、ころころと太っていたため、結果としてはスマートになったと喜んでいいのだが、振り返ってみると、よく倒れもしないで頑張ったものであると自分自身に感動していた。

これまで百坪の敷地の庭で走り廻っていた犬たち、こちらでは半分以下の五十坪足らず、猫の額程度の庭では思う存分走れず申しわけないと思ったが、家は四ＬＤＫと、一人暮らしの老人の住まいとしてはもったいないほどに広いと感謝した。

ここが私の生涯を終える終《つい》の棲家《すみか》であることを思うと、感慨深いものがあった。

住んでみると非常に環境の良い所で、すぐ近くにこどもの国という公園があり、天皇ご一家が年に一度はご家族でお遊びに参られる。戦時中軍隊の弾薬庫があった跡地だとかで、広さは三十万坪もあるらしい。

この広大な敷地の公園は、昭和三十四年、皇太子殿下（現上皇陛下）がＭ妃殿下とご結婚あそばされた折のご結婚お祝金を基金に、次世代を担うこどもの健全育成のための施設として昭和四十年、五月五日こどもの日に開園された公園であるとのことである。

園内にはこども動物園があり、ミニＳＬや園内バスが走り、サイクリングコースがあり、夏はプール、冬はスケートで楽しめる。

桜の時期は多くの桜が園内を埋めつくし、満開の桜の下でのお花見で大賑わいである。

四季を通じて家族連れから学校、会社、グループなど多くの人々に利用されている。

電車の駅名も、こどもの国駅である。

花水木の街路樹が立ち並ぶ緑豊かで物静かな町並み、朝夕近くの寺院から、ゴーンと鳴り響く郷愁をあびた鐘の音が流れ、空気を心地良く揺れ動かす。

そしてなんと住所が私の大好きな言葉の入った、青葉区、奈良……、私はすっかりこの地に魅せられて、転居は大正解であったと嬉しく思ったものである。

ただひとつ、心に躓《つまず》くものがあった。これで、恋人としているＮ先生とはお別れかもしれない。

まさか、私こちらへ転居いたしましたなどと、転居通知を差し上げるなどおこがましいことはできない。残念だが仕方がないと思った。今までいただいた絵ハガキや、色紙、封書を眺めながら楽しむとしようと決めた。

新しく居心地のよい土地にすっかりなじみ、街路樹の並木道を二匹の犬と散歩する心地良さ。毎日顔を覗かせてくれる娘や孫たち家族、平穏な日常に安寧《あんねい》な老後のレールが敷かれていた。
と、ある日の新聞記事に、小さな活字だが「官邸は死に場所」といった見出しが目に入り、あれっ！　と興味をもって目を通した。

新聞記事

N元首相は二十五日衛星放送「BSイレブン」の番組収録で、A首相が私邸住まいと夜のバー通いを続けていることについて、「首相は夜寝ているときも首相だ。昔の政治家は官邸を死に場所と心得ていたが、戦後の政治家は私生活と公が分離し、私邸に帰ってバーに行って終わりにする感じになった。天下、国民を背負っているとの自覚が必要だ」と苦言を呈した。
N氏は今月七日に右腕を骨折して都内の病院に入院していたが、二十日に退院した。

記事に目を通した私は思わず、うわーっ、N先生、やってる、やってる、と内心拍手を送り、気分がすかっとしたが、最後の骨折と書かれた記事には驚いた。先生、転ばれたのかな？　やっぱりお年を召されたからかな、などと思いを巡らせた。

そうだ……お見舞状を差し上げなくてはと考え、先生には申しわけないが、私には先生にお手紙を差し上げる口実ができたことで張り切った。

こちらへ転居してきたとき、先生との交流は途絶えるものと諦めていた。しかし、このような状態でまた私の住所を知っていただけることに心弾ませ、さっそくペンを執った。

前略
先生、このたびは骨折というたいへんなお怪我にみまわれましたそうで、新聞記事で拝読いたし本当に驚きました。

もうご退院あそばされました由、ほっと安堵いたしました。

遅ればせながら、お見舞申し上げます。

そしてご退院のおよろこび申し上げます。

実は私、昨年藤沢よりこちら横浜へ転居いたして参りました。一人暮らしとなりまして数年、私より十六歳年長の先生からみますれば私などまだまだ若い部類に入るかもしれませんが、寄る年波には逆らえませず体のあちこち故障だらけとなりまして故障のつど、横浜から娘に駆けつけてもらうといった状態でした。たまたま娘の住まいの近くに新築の分譲住宅ができまして、娘の勧めもあり加齢のこれからを考えますと若い者の意見には従うが無難と決意いたしまして転居いたしして参りました。

すぐ近くに天皇ご一家が年に一度お遊びにいらっしゃる、こどもの国がある所です。

環境良く住み心地のよい所でして、私の終の棲家として転居して参りましたこと、正解であったと嬉しく思っております。

骨折は日時を要せば間違いなく全快すると申されますが、まだまだ決してご無理なさいませぬよう、お気長にご養生なさってくださいませ。

存じませぬこととは申せ、遅ればせながらお見舞申し上げたくペンを執らせていただきました。

ごめんくださいませ。

かしこ

私が投函して五日後に、懐かしいN先生のお名前のある絵ハガキをポストに見出したときには、嬉しさという魂が頭の中でぐるぐると高速回転し、思わずボーッとなり門柱につかまり立ち尽くした。慌てて周囲を見回したが、人通りはなくほっとした。

ハガキには、「早春の浅間山」と題する雪をいただいた浅間山の風景が見事に描かれていた。当然のことながら、横浜市青葉区……と記された住所の先生の筆跡に無性に嬉しさを感じた。

絵ハガキを翳して玄関に駆け込んだ私に、ゴン太もクロ坊も既に承知とばかり尻尾を必要以上に振り振り、いつものごとく跳ね廻り、私とともに喜びの儀式に床が軋《きし》んだ。N先生から、骨折なさった右腕でお手紙をいただけるなど思いもよらず期待もしていなかっただけに、私はただただ驚き嬉しさも倍増した。

浅間山の風景画とわずか五行のお手紙の文字が私には種々な妄想を呼び起こさせ、長文のお手紙をいただいたほどに長い楽しみのときを与えていただいた。

またまたお婆さんは愛くるしい乙女に戻り、ロマンの世界に陶酔である。

浅間山は活火山、外観は泰然と聳えるその容姿のうちには、真っ赤な炎が燃えたぎっている。N先生がこの絵ハガキを投函なさったであろうその前日に、浅間山に小規模噴火のニュースが流れていた。

絵の端には「早春の浅間山」一九九四年、と記されている。十五、六年前に描かれたものだとしたら……私の胸は高鳴りを覚える。N先生は浅間山なのだ。心の中には熱い想いが込められている。そしてちょっと起こした小噴火がこの絵ハガキなのかも……そうだとしたら、こちらの胸の中まで熱くなる。
絵ハガキの表の宛名の下半分、わずか五行の文だが、これがまた私の乙女心を揺さぶり、存分に私を楽しませてくれた。

いただいたお手紙。

拝復
　寒さにも風にも
敗けず
黄色い　すいせんや
白い　梅の花を
賞でましょう
　　敬白

白い梅の花は先生、黄色いすいせんは私。

梅の木は大地にどっしりと根を張り、枝葉を四方に広げ、あらゆる光を全身に受けて立つ力強く威風堂々とした立ち姿、片や黄色いすいせんは庭の片隅や植木鉢などに楚々《そそ》として立ち、そよ風に揺れ強風には耐えられそうにない容姿。

N先生はこの花を賞《め》でましょうと書かれた。私はこの花を愛《め》でましょうと書きたい。賞、愛、どちらもめでると読む。先生は清楚にお花を観賞しましょう……と。私は擬人化して、お互いを愛しましょう……と解釈。寒さや風にも負けずお互い元気で眺め合い、愛し合いましょう、と楽しく解釈して。

うわーっ……意味深。胸きゅんなのである。

もう一人の私が笑っていた。

〈またまた勝手に字を変化させたり、すいせんを自分に喩《たと》えたり、どう見ても八頭身美人にはほど遠いと思うけど……〉

〈うるさい！　すいせんは私なの〉

〈あら、あら、そうですか。ではそうしておきましょう。それよりなにより新しい住所

知っていただけてよかったわね
〈そうなの、私なによりそれが嬉しいのよ〉
こうして私はまた、先生からのお手紙をいただけたことを最高の喜びとした。

女心は灰になるまで

横浜の生活にもすっかりなじみ、娘たちの家族旅行にも同伴させてもらったり、娘たちの家族を夕飯に招待したり、変化のある日常に退屈することもなく、元気をもらっていた。

こうした日常のある日、日本文学館の懸賞応募の広告が目に留まり、食指が動いた。

あっ、これは面白そうだ。ひとつ乗ってみるか……。

しかし私が挑戦したいのは小説ではなく、ポエムでもない。思いつくままにノートに書き散らしている短歌に添って、ぼやき言葉が付帯しているものなのだ。たとえば……。

二センチの　段差に躓《つまず》く　老いた足　足指先に　センサー欲しい
（ここは段ですよ。はいっ、もっと足を上げて……と教えてくれればなあ……）

終焉《しゅうえん》に　輪廻転生《りんねてんしょう》叶《かな》うなら　来世もまた　今のわたしに

（お願い……そのときは、今の私より身長十センチ高く、鼻一センチ高く、どうぞよろしく）

といった具合である。

さっそく日本文学館に問い合わせの電話を入れ、このようなものを応募する部門があるのかと尋ねてみた。それはないとの返答、しかしポエム部門として応募されるといいと指示をいただいた。ありがたいことに、老人であるゆえ時間はあり余るほどに豊富で、むしろ時間を持て余しているのが現状である。

今までに書き散らしたものを整理したり新しく詠んでぼやいてみたりと、実に楽しい日々が訪れた。書き物をしていると、痛んでいたはずの神経痛もどこへやら消え失せてしまうのは不思議な現象である。

除夜の鐘に因《ちな》んで一〇八首、煩悩の数だけぼやいてまとめ『老いのぼやき』と題して応募した。その結果は……日本文学館出版大賞特別賞を受賞した。

出版したこの本は、お年寄りの皆さんに喜ばれ、多くの方々からご好評をいただき嬉しかった。お年を召されたN先生にも読んでいただきたいと思った。そうだ、この本お送りしよう。

N先生へのお手紙。

N先生
お久し振りでございます。

あつい！　以外の言葉を忘れてしまいそうなほどに暑い、見事な夏です。

いろいろな分野でのご活躍、泌尿器学会での鼎談《ていだん》、世界平和研での試案提言など、ご高齢にも拘《かか》わらずお年を感じさせない先生のご活躍に、信じられない（失礼）と思いつつ感動させられています。

また五月末のY新聞に掲載の先生の手記「上毛三山、夜空には母の星」拝読させていただきとても感動でした。

このように精力的にご活躍の先生のお姿には脱帽です。

先生に負けてはいられないと、元気をいただいているような気がいたします。

私も今回、張り切りまして同封の著書を出版いたしました。お時間に余裕がおありのときにでもページをめくっていただければ嬉しいです。

ご笑覧くださいませ。

まだまだ暑さ厳しい時季です。

先生にはどうぞいつまでもお元気で日本の国の底力でいてください。

ご健康お祈り申し上げております。

かしこ

榛名山連峰を描いたN先生からの絵ハガキがポストから私の手に触れたのは、私がN先生に『老いのぼやき』をお送りしてから一週間と経っていなかった。

N先生は、こちらからの送信に対して決して間をおかれることなく、即返信をくださる。

このお心配りは身に沁みて見習うべきと心させられたものである。

お手紙をいただくつど、私の心は舞い上がる。まるで幼い頃に自分が欲しかった物が手に入ったような嬉しい気分になるゆえ、行動も大人では、ましてお婆さんではなくなってしまうようなのである。

ワーイ、ワーイと……もし他人が目にしたらあのお婆さん、少し頭がおかしいんじゃないか？　と思われるかもしれない。かもしれないじゃなくて絶対にそう思われる。だって、自分自身がそう思うのだから。

例のごとく今回も絵ハガキを両手に翳し、部屋中を二匹の犬とともに走り廻った。今までに何度こうして楽しませていただいたことであろうか。

幼き日の喜びの行動に帰れたとき、そして夢みる乙女の日の気分に浸れたとき、なんと幸せな体験を得たことであろう。


先生からいただいたお手紙。

残暑お見舞　申し上げます。
老いのぼやき、拝読。
老人同志　共感するところ多く……。
暑さの中、御健斗を　祈ります。

敬白

ハガキに描かれた榛名山連峰の山々や麓を流れる水の風景画は、眺めているだけであたり一面に涼風を感じさせてくれた。先生の絵はやはり素晴らしい。

もう一人の私にさっそく報告した。

〈先生にお送りした本、もう読んでくださってお返事くださったのよ。老人共感するところ多くですって……先生もやはりお年を感じていらっしゃるのね。私の本に共感してくださった〉

〈そう、よかったね。お返事いただけて……。人は皆老いていくものね。でもあなたのようにこうしてお手紙くださる方がいると、心はいつまでも老いることなく青春よね。ましてや絵の中の榛名山から涼風が吹きおろしてくるのでしょう。この夏の暑さも吹き飛ばしてもらえるなんて……なんと素晴らしく幸せね〉

先生からお送りいただいたもので、私はどれほどに癒され励まされたことか。私の宝箱からこれらが取り出されたとき、これらは私の妙薬ともなってくれるのである。

人間、八十路の坂を越えると、体のあちこち油切れとなるのであろうか。

私もご多分に洩れず老人の域に突入したものらしく、脊柱管狭窄症《せきちゅうかんきょうさくしょう》手術、脳梗塞など、人並みに体験、そのつど、弱気になったり老いに腹をたてたりした。

特に運転免許証に関しては、五十年以上も乗り廻し、まだまだ乗れるぞと意気揚々であったのだが、巷の報道などで老人運転の事故多発を目に自戒の念を深め、迷惑をかけぬ方法をと免許返納に踏み切った。

こう決断するまでに、なんと一年以上を要した。八十四歳にしての大決断であった。

警察署で返納手続をすませ、運転経歴証明書とやら申す運転免許証と瓜二つの写真入り証明書を渡された。

これでもう運転はできない……と思うと、なんだか自分の人生を否定されたような気分になり、帰途は意気消沈、見事に滅入り、ぼーっと自宅へ帰り着いた。

嬉しいとき、悲しく落ち込んだとき、いつも尻尾振り振りまとわりつき、ともに喜び励ましあってくれた二匹の愛犬はもういない。横浜に引っ越してきて五年後にゴン太は十八歳で、クロ坊は八年後に十四歳で、この世に別れを告げた。生あるものの摂理と分かってはいても、やはりその悲しみを乗り越えるには数年の月日を要したものである。

犬たちがいなくなったぶん、一人で喜怒哀楽を表現せねばならぬ。

もう一人の私が傍にいた。

〈今日ね、運転免許証返納してきたよ〉

〈ついに返納か。よく思いきったね。でもよかったよ、これで事故を起こすことは絶対ないからね〉

〈当たり前でしょう。これでいよいよ私も本格的老人に突入だわ。今日から走る足がない。くやしい！　老いというやつに腹がたつ〉

〈腹をたてても仕方ないよ。人間誰しも必ず老いるのだから、むしろ本格的老人突入を祝って、祝い酒でもあおったらどう？〉

〈あっ、そうだね。その手があった。ありがとう。あなたはいつもいいこと思いついてくれるね……ウッフッフッフ〉

体調に鑑《かんが》みて、ここしばらく絶縁していた酒瓶を取り出した。

この薬服用時はアルコールを控えるように……との服用説明書に忠実に従ってきたが、今日は特別と……今日のぶんの薬呑むことを控えて、っと。

祝い酒なんて、とんでもない。人生を否定されたことへの大気炎のやけ酒なんだ。飾り棚に並ぶゴン太とクロ坊の写真に、やけ酒の乾杯をした。久し振りに胃の腑に訪れたアルコールは、ほんわかと心地良く眠りの世界に私を誘ってくれた。

運転免許返納の日の、ほろ苦い思い出である。


家の前の街路樹の花水木が全て葉を落とし北風が吹き抜ける十一月。眼鏡に補聴器、総入れ歯に手には杖、体中に湿布薬と、武装した八十五歳になった私がいた。

誕生日が過ぎて五日後、娘からの電話でN先生の訃報を知らされた。

「今、テレビで放映されたよ」

と。

ショック！　甚大、放心。しかし、先生は百一歳、天寿全うである。ご立派な人生を歩まれました御仁《ごじん》、実にお見事です、と申し上げねば。心よりお悔み申し上げよう。

もう一人の自分が現れた。

〈先生、亡くなられたね。あなたが一目惚れをした！　といった日から何年のお付き合いだったのかな？〉

〈うーっ、三十六年よ。ただひたすらに心の恋人だったわ〉

〈うわーっ、凄い！　とうとう長かった恋もついに終わりぬか……〉
〈あらっ、とんでもない。なんということを言う。私の恋は終わらない。ペンのみで交わった私の恋だが、先生は地上からお姿を消されたというだけで、会話があったわけでもなく、一度もご一緒したわけでもないのだから、今までの状態となんら変わりない。ただお手紙はいただけなくなったけれど、欲しいときは、今までいただいたのを出して眺めればいい。いつも胸の中に居座って、楽しんでいる私の恋は、まだ終わらない。この恋が終わりを告げるのは、私の命、尽きたときなの〉

老いてなを　心ひそかに思う人　女心は　灰になるまで

あとがき

N元総理はご逝去後「大勲位菊花章頸飾《だいくんいきっかしょうけいしょく》」といわれる最高位の勲章を授与されました。今までこの勲章を授与されたのは、Y元総理、S元総理のお二人で、N元総理がお三人目だとのことです。

日本の勲章のうち、唯一首飾りの形状であるといわれる勲章だそうです。

このように偉大なる政治家であらせられたN先生に、ほんのわずかでも携わることのできた私は、なんと光栄で幸せなことであったかと思われます。

私の人生に、喜びと希望、勇気、そしてピンク色の心をいつも癒してくださったN先生には、心よりお礼申し上げねばなりません。

そして勝手に恋人として楽しませていただく私に、お忙しいお体にもかかわらずお優しく接してくださいましたN先生には、ただただ感謝の気持ちでいっぱいです。

先生、本当にありがとうございました。

人生いろいろとありますように、恋にもいろいろとあるでしょうが、私の体験できた儚《はかな》い……といえば儚いかもしれない泡沫《うたかた》の恋……でも、このような恋があってもよいのではないか、と私は思うのですが……。

皆さんはどう思われますでしょうか？

著者プロフィール

外山 寛子（とやま ひろこ）

1934 年、朝鮮、江原道生まれ、神奈川県在住。

終戦後、引き揚げ、高知県で育つ。

名城大学中退。

著書に、『キャディナンバー 112』(1996 年、近代文藝社)、『嵐の三十八度線　女たちの封印の扉』(2005 年、文芸社。アジア文化社　文芸出版賞受賞)、『老いのぼやき』(2011 年、日本文学館。文芸出版特別賞受賞) がある。

総理に恋をしました

2023年 8 月15日　初版第 1 刷発行

著　者　外山 寛子
発行者　瓜谷 綱延
発行所　株式会社文芸社
〒160-0022 東京都新宿区新宿1－10－1
電話 03-5369-3060（代表）
03-5369-2299（販売）

印刷所　図書印刷株式会社

ISBN978-4-286-24324-5